Dadaya
Valdir Marte

cacha
lote

Dadaya

Valdir Marte

Faz porque precisa	11
Santa paciência	13
Apetite	15
Madre	17
Num sopro...	20
Fronteiras guardadas	21
Fogo preto	24
Réu primário	26
Baú de tesouro	28
Vertigem	31
Sol sobre bons e maus	33
Sacrossexual	35
Sepultamento	37
Numa folha de bloquinho	39
Aos que ela não conheceu	40
Prece com pressa	42
Conjugados apartados	44
Pimenta no cu dos outros é riso abundante	46
Fetiche: exibicionismo	48
Os socorros	49
Manticora	52
A esposa de Ló	54
Este lugar-comum	56
Perspectiva	59
Cardume	60
Milagre	62
Debaixo da pele de gata	64
Manjar	66

Janela anônima	69
Fêmeas entre frestas	71
Gênesis	74
Boa noite, noite adentro	76
Agridoce feito morrer	77
Sexo dos anjos	80
Ferino	83
Queria fugir até do seu dna	85
Poramor	89
Caçada	93
Encantada	95
Ele a via como um abate	97
Estava tudo quase acabado	102
Como arrancar um curativo	104
Visagem	106
Irresistível ou na boca da fera	108
Encalhe	111
Abrigo	113
Naquele segundo impensado	115
Ele deu uma escapadinha para...	120
Pelo buraco na parede	122
Nem um pingo de alegria	123
Hoje ninguém mais fala	125
E por falar em saudade...	127
Êta amor desgraçado	130
E no fim, o caminho pro mar	132

Somos como um pôr do sol sem óculos de sol.
O nosso brilho embaça, cega quem nos olha e assusta

O Parque das Irmãs Magníficas, Camila Sosa Villada

Sereia do asfalto,
rainha do luar,
entrega seu corpo somente
a quem possa carregar

Serei A, Linn da Quebrada

me sinto uma filha natimorta
carrego muitas mulheres em meu dna
e fora dele
mas nem assim pude ser a filha que sou
por entre as pernas levar interdições

Camboa: Poesia e Outros Mistérios, Anum Costa

Dedico este livro-carinho para minha mãe, que partiu antes de me conhecer como filha; ao meu avô, que, mesmo encouraçado na pele-de-homem pariu uma escritora de suas entranhas; e para Jéssica, que sabe, de um jeito ímpar, como pavimentar um caminho com amor.

Faz porque precisa

...num descuido, enquanto esfregava uma mancha teimosa no chão da cozinha de dona Geísa, Dadaya lascou o esmalte da unha anelar. Soltou um estalo com a língua, cheia de desgosto, aproximando o dedo da vista para analisar o estrago. Não havia nem dois dias que tinha feito as unhas com esmero, sob a luz do banheiro, só porque gostava de estar arrumada. O resultado nunca durava muito por conta da rotina puxada no trabalho, mas ela não estava nem aí.

As palmas podiam ficar ásperas de vez em quando por culpa da água sanitária, do detergente e do sabão de coco. Um ou outro calo estourava como o olhinho de um peixe, resultado da fricção do cabo curto da vassoura, do rodo ou ainda de precisar se segurar no ônibus na hora de voltar para casa. Mas eram mãos bonitas, motivo de orgulho, bonitas mesmo. Tinha puxado os dedos delgados, bem desenhados e carinhosos de sua mãe.

Para ela, as mãos tinham o formato certo desde seu nascimento.

Ajustou o paninho amarelo entre o dedão e o indicador e começou o esfrega-esfrega, determinada a se livrar daquele pingo escurecido de gordura na cozinha impecável de tão limpa, porque sabia que dona Geísa ia botar os olhos ali assim que voltasse da rua. Seria uma falação sem fim e hoje só queria fazer seu trabalho em paz, quieta e invisível, sem o lenga-lenga nos ouvidos.

A patroa não gostava das unhas pintadas, do cabelo bem penteado com creme, dos brincos de argola e muito menos da maquiagem levinha que ela fazia questão de usar todo santo dia. Já vestia roupas largas para que seu corpo não se denunciasse e, no final das contas, precisava do emprego. Por isso ignorava quando dona Geísa vinha torcer o nariz para o viço da sua emperiquitação. A mulher não era nenhum Cão encarnado, na verdade. Já tinha trabalhado para dondocas piores. Uma até já lhe cuspiu na cara. Atualmente, o salário caía no dia certinho, e sempre lhe diziam com antecedência quando tinha que fazer hora extra. Não cuidava o tempo todo das crianças e nunca precisou pernoitar no apartamento. Só a chatice da patroa que era um embrulho no estômago, mas dos males, o menor.

Dadaya já se acostumou a estar vestida para matar e também para morrer.

Abandonou o serviço e as minhocas da cabeça e levantou, se afastando do ar envolto de produtos de limpeza que queimavam seu nariz e secavam sua boca. Saiu da cozinha e seguiu até o quartinho de empregada, apertado e quente, no final do corredor. Desviou do varal cheio de roupas perfumadas de lavanda, pegou a bolsa de couro sintético descascando e tirou o vidrinho de esmalte lá de dentro. Com um movimento eficaz, o pincel lambeu a unha, ocultando a falha de um jeito que nem se percebia o remendo. Fez um biquinho, enchendo a boca para assoprar a ponta do dedo. Algo em seu ventre pulsou, consciente. Um corisco cortou o pretume de seus olhos. A cor, a sua favorita: Léo Mandou Flores.

Santa paciência

Ela gostava de lembrar daquele dia na piscina pública quando a vida lhe permitia.
 Lembrar de quando tinha catorze anos e pensava que morrer fosse uma boa ideia, porque a tristeza não ia passar nunca, jamais. Se tivesse a oportunidade, diria para sua duplicata engolida pelos anos que a gente, quando cresce, percebe que não dá pra desatar a mão da tristeza e da felicidade. Elas andam emboladas, grudadas que nem dois cachorro na rua, alheios aos bons costumes de todo mundo, rindo e chorando da nossa cara de abuso com a situação. Talvez dissesse que a dor se transmuta, se ajusta nos espaços vazios dentro de nós. Para lidar com o hóspede indesejável, o jeito é se acostumar e sorrir. Aproveitar o que é bom e jogar pra debaixo do tapete o que é ruim até chegar a hora inevitável de encarar tudo de frente.
 Que nem naquele dia na piscina pública. Ela estava sentada na borda com cara de choro, os pés engiados fazendo redemoinhos na água pura a cloro e as pedras cariri fervendo as partes que a sunga não cobria de sua bunda. Léo estava lá, mas ela não sabia seu nome, nem o seu próprio: Dadaya. O importante era que ambos estavam no mesmo local, sem saber que ambos estavam. Olhou para a mãe, as tias e seus primos pequenos. O pai não se banhava de sol ou tomava uma cerveja. Ele quase nunca aparecia ali em suas memórias, ainda-bem-meu-Deus-obrigada. Daí, ela pulou na piscina

olímpica e se moveu impulsionada pela raiva e pela solidão lacrada a vácuo dentro da cabeça.

Fechou os olhos.

Era o combustível que precisava para ultrapassar os limites mais primários de sobrevivência. Nadou. Nadou. Nadou! Jogou os braços para trás, esticou a cabeça pra frente, como um arpão. A outra extremidade da piscina chegou como um caminhão de faróis acesos na curva escura. Batida brusca. Morreu...

Apetite

Café fresco e cigarro são aromas que Dadaya adora sentir logo de manhã, estando na cama, nua ou não.

Ela abre os olhos e se vira na direção da janela aberta, onde tem certeza que verá Léo no parapeito, a silhueta encorpada, bonita, escondendo os pensamentos por trás de um véu de fumaça azulada. Não cansava de olhar pra ele, ainda alheio à sua recém-consciência no quartinho de quitinete.

De um jeito safado, Dadaya queria que os vizinhos botassem a cabeça para fora de suas casas e dessem uma longa olhada nele, bem ali, sentado, despreocupado, seminu. Seu homem. Gostava de pensar que o desejavam de um jeito doentio, galã de novela, urgente. Imaginava que mulheres entediadas bolavam situações para trombar com ele nas escadas do prédio, todas ávidas, sorridentes, perfumadas, curvas escandalosas saltando das roupas apertadas. Elas dariam um jeito de triscar em seu braço, coradas, disfarçando-se da vergonha virginal já muito puída no roçar de seus amantes, tentando chamar a atenção. Já ele podia mostrar os dentes brancos, grandes, acolhidos na umidade dos lábios grossos e pretos, num sorriso de matar, e Dadaya estremecia com a possibilidade, fetichista.

Léo nunca tocou numa mulher sem pedir a permissão de sua Dadaya antes. Ela sempre deixava, claro, toda faceira e cheia de fogo, esperando que ele voltasse para arrastá-lo pra cama deles. Lá, ia descontar tudo o que não tinha feito com a outra, tudo-tudinho, arrancando dele até o último suspiro melado de suor e sexo. Ele acabava que nem um defunto, inerte, esparramado, tomando quase todo o colchão. Dadaya amava deitar no espaço que sobrava, encaixada no peito peludo e musculoso, cantarolando no compasso do seu coração. Queria estar assim pra sempre, ensopada dele e dos desejos atravessados que faziam sua pele pinicar com alfinetadas de prazer. Nunca o sentia mais seu do que quando ele retornava para casa de noitinha, o perfume de corpos alheios grudados no cangote. Eu amo tu, meu amorzinho, ela sussurra sempre que pode, como agora. Léo sopra a fumaça, bebe um gole do café quentinho e beija mais quente ainda. Um incêndio. Também amo você, minha vida.

Madre

Estava com os olhos frouxos, prestes a chorar. Muitas vezes não tinha um motivo específico, mas a maioria era por causa da Érica. A saudade batia, não tinha jeito, vinha que nem uma gripe forte, sem aviso.

    A patroa estava no sofá, braços cruzados debaixo dos peitos, cara enrugada de carranca. Mamãe, eu tô com fome, os pequenos disseram aos pulos, cheios de energia. Vão lá, peçam comida pra Dayara. Ela se recusava a falar seu nome direito.

    Os filhos de dona Geísa gostavam muito de comida de micro-ondas, sempre disponível no congelador. Aquilo não era alimento de verdade e Dadaya ficava possuída por uma fúria quieta. Vou fazer um pão com ovo e um suquinho, pode ser? Os meninos, com poucos anos de diferença entre si, entreolharam-se por um momento. Não, a gente quer minipizza e Ovomaltine! Pisaram o pé.

    Foi aí que ela sentiu que ia chorar, engolindo um gemido no último segundo. Pediu um momento, que logo, logo prepararia o lanche da tarde. Se trancou no banheiro e soluçou em silêncio, tapando a boca com a mão. Alguém bateu na porta e Dadaya abriu rápido. Era dona Geísa, parecendo irritada, ainda de braços cruzados. O que foi que houve, Dayara? Tava chorando não, né?! Os meninos tão com fome. Respirou fundo e disse baixinho que estava com saudade da filha, sim, aquela que ela tinha pegado pra criar. Deixe disso, mulher, a menina tá morando com a mãe de verdade dela. Vai ficar tudo bem, é melhor assim. Disse dona Geísa. Você prepara a comida? É cinco minutinhos só. E se distanciou do banheiro de empregada, voltando para seu lugar no sofá. A mãe de verdade dela sou eu, rapariga, xingou na cabeça, entrando de novo na cozinha.

Se um dos meninos fosse levado ou morresse, Dadaya suspeitava que a patroa sequer ia notar. Talvez pensasse que era um alívio ter uma criança a menos na rotina difícil de seu casamento. Ela fungou, rasgando o papelão da caixa de pizza congelada e enfiou a comida no micro-ondas. As luzes acenderam. Érica rodava em sua cabeça.

Selecionada pelo acaso cósmico, acabou que a genética de Dadaya não lhe permitiu gerar filhos em sua barriga, o que não a impediu de realizar o sonho de ser mãe. Marlene, a prima de Léo com o pior dedo-podre para macho, embuchou de outro sujeito torto, tão torto que ninguém da família se importava em saber sua identidade. Ela já ia no terceiro filho ilegítimo, estava com a barriga pela goela e o mais urgente era de onde tiraria dinheiro para sustentar o novo bebê. Quando a fofoca correu, Dadaya, prontamente, conversou com Léo e disse que queria pegar a criança pra criar, que seriam que nem um raio de sol na vida dela.

Foram buscar a neném no terminal no dia combinado. A menina chegou com uma tia, sendo entregue para o casal com uma mochilinha rosa abarrotada de roupas. Érica tinha dois anos. Dadaya nunca tinha chorado tanto, talvez só quando a levaram embora novamente. Um ano de muita alegria depois, a prima de Léo surgiu em sua porta com a cara vermelha de raiva. Elas não se conheciam até então, e Dadaya nunca teve tanta vontade de matar alguém em toda a sua vida. Vou levar a menina, não quero ela morando com alguém como você.

Eles descobriram.

As palavras rolaram de sua boca como pedregulhos na encosta: ruidosas e mortais. Não pôde fazer nada por conta da questão burocrática da guarda da menina. Léo estava trabalhando na oficina naquele momento, por isso, depois de Marlene ameaçar chamar a polícia, Érica foi levada aos berros, sob juras de que nunca mais veria os pais postiços, que eles estavam mortos para a família, uma vergonha sem tamanho.

O micro-ondas parou e apitou. Os meninos estavam pulando ao seu redor como cachorros famintos.

Num sopro...

No sábado à noite, Dadaya descia a rua de casa até o seu barzinho de estimação lá na esquina. Léo ia ao seu lado com o braço ao redor de sua cintura, balançando os ombros por causa da música festiva, a voz quase totalmente abafada pela caixa de som alto ao lado do balcão onde se pedia as bebidas. Vou pegar um litrão, tudo bem? Ele se afastou da mesinha de plástico amarelo, cumprimentou um amigo da oficina com um aperto de mão, tapinhas no ombro e seguiu para o interior do boteco. Hoje, Dadaya ia dançar até se acabar, descadeirada. Antes, só precisava beber um pouco pra deixar a cabeça leve e os pés soltos. Não ia mais pensar no serviço e nem nas contas atrasadas. Não ia ser empregada, nem pobre, nem esposa e nem travesti.

Só ia ser livre, o que precisaria bastar por enquanto.

A folga sempre acabava rápido demais.

Fronteiras guardadas

Havia dias em que voltar pra casa era complicado.

Dona Geísa tinha o aniversário do marido para comemorar hoje e pediu que ela ficasse algumas horinhas a mais do expediente. Alguém precisava deixar tudo arrumado para os convidados e servir os *finger foods*, como a patroa chamava. Se passasse das dez horas da noite, combinaram que pediria um táxi para Dadaya. Tudo bem, então.

Da cozinha, Dadaya ficou espiando o vaivém de convidados, o fluxo frenético de suas conversas pasteurizadas, muito polidas, sempre superficiais e enfadonhas. Falavam de trabalho-das-compras-dos-filhos-mentiras-lembranças-bebedeiras-descasos-e-até-sobre-casos-extraconjugais-e-planos-de-viagem. Sim, Flórida, próximo mês, você também?! Que coincidência!

Os carros ficaram enfileirados na rua em frente ao prédio e o apartamento mais e mais apinhado, abafado de perfumes doces, enjoativos. Dadaya ficava na cozinha, limpando o suor da testa. A patroa sassaricava pra lá e pra cá, apertada no vestido preto, porque preto emagrece, lançando ordens ríspidas sempre que a via escorada no tampo de granito da pia. Traz os descansos de copo, não quero mancha nos meus móveis! Vamo, Dayara! E ela correu até o armário, entregando os quadradinhos vermelhos para a mulher aflita, munida de um sorriso falso de dar pena.

Mais tarde, pouco antes das dez da noite, dona Geísa disse que já podia ir, que se corresse, era capaz de alcançar o ônibus na parada da esquina. Dadaya saiu bufando, sem nem tomar um banho, trocar de roupa, nada. Entrou no elevador de serviço com ódio ardendo nas lágrimas que se acumulavam nos cantos da vista. O coitado do Léo tinha chegado em casa há pouco tempo. Pensou em ligar pra que fosse buscá-la de moto, mas não queria perturbar, além de saber que ele perderia a paciência com a situação, podendo querer que nunca mais voltasse lá. Dadaya sabia que não podiam fazer uma loucura assim, então o jeito era respirar fundo e correr atrás do ônibus, que alcançou por pura intervenção divina.

Tinha dias que voltar pra casa era complicado, pensou novamente. Estava sentada ao lado de uma mulher pesada e sonolenta, a cabeça pendendo para frente de vez em quando. Respirou fundo e aproveitou para cheirar sua roupa, torcendo o nariz.

Era dia de jogo e o ônibus ficou cheio quando uns doze torcedores subiram e se espalharam, barulhentos, pelo corredor. Dava para sentir o odor viciado de suor alcoólico secando nas blusas de malha. Dadaya pensou no pai, assíduo ao estardalhaço do futebol, mas a recordação pesada se perdeu ligeiro com os alertas disparados em sua cabeça. Um dos homens estava parado ao seu lado, com olhares de soslaio, aproveitando a movimentação na rua esburacada para sarrar em seu ombro.

Tinha dias que voltar pra casa era complicado. Emputeceu-se.

Dadaya olhou para cima, direto na cara sem vergonha do homem. Eu não tô pra bagunça não, feladaputa!, disse entre dentes. Ele arrumou o pau duro dentro do short e soltou um muxoxo de frustração. Virou-se, deixando Dadaya com vontade de chorar de novo. A mulher do seu lado lhe deu uma olhadinha agora, mostrando um sorriso de companheirismo. Léo estava ligando no celular, atendeu. Daqui a pouco chego em casa, minha vida. As palavras saíram tropeçando, embargadas.

Fogo preto

Estava meio morta na piscina afundando e afundando viu um rastro de sangue na água como tinta de polvo e o mundo estava ficando rápido demais como o tempo de vida que corria ligeiro para fora dela como uma fileira ascendente de bolhas de ar ia morrer e começou a não pensar mais na mãe nem nas tias nos primos pequenos no pai nas dores dessa vida e em nadica de nada oh era isso aí não a deixavam viver como queria que pelo menos desse cabo de tudo com as próprias mãos e os que ficassem que se virassem para mastigar a situação inteira garganta adentro mas espere... espere!
    Era a primeira vez que sentia o toque dele, levando-a para o oxigênio com as mãos enterradas em seus sovacos de poucos pelos.
    As pessoas falavam alto agora, conscientes do que tinha acontecido. O menino bateu a cabeça! Tá sangrando e tudo! Dadaya estava com as costas no chão quente, o couro seco quase chiando no sol do meio-dia e tanto. Tentou abrir o olho direito e viu uma imagem colorida em vermelho-escuro, ardendo com o sangue do corte aberto na cabeça. Cê me ouve? O menino acima lhe perguntou, segurando os lados da cara dela. Ela o viu com o olho bom e se apegou à imagem daquela criatura como as beatas que tocavam os pés da santa na paróquia. Tudo se movia em câmera lenta. Qual teu nome? Foi o que Dadaya perguntou antes que sua

mãe chegasse aos gritos, puxando os cabelos crespos com desespero. Eu me chamo Léo. Ele respondeu com um sorriso de canto de boca.

Sua pele preta incendiava em dourado ardente no sol da tarde.

Réu primário

O primeiro gato, o pretinho, que se chamava Seu Tico, morreu atropelado numa de suas escapulidas. O segundo era uma gata brava, de olhos esbugalhados que Dadaya sequer colocou um nome direito. Entre a comida no pratinho e um ódio traduzido em silvos e arranhões, a relação das duas era limitada. Essa saiu e nunca mais apareceu. A terceira também era uma fêmea, uma antítese da anterior. Belinha, o nome dessa. Carinhosa, gorda e preguiçosa, gostava de dormir nas coxas de Dadaya sempre que dava. O único defeito era sua rotina dada ao crime. Não tem coisa pior que uma gata ladrona, Léo dizia.

Nas quitinetes ao lado, nenhuma janela podia ficar aberta que Belinha dava um jeito de ser sorrateira, driblando seus oito quilos de pura gordura, para surrupiar o frango descongelando no tampo da pia ou o bife esfriando na frigideira. Numa dessas, uma vizinha irritada botou veneno de rato num pedacinho de fígado. Belinha estrebuchou antes de morrer, e Dadaya, que já suspeitava da identidade da assassina, saiu de casa xiringando palavrões nas paredes, esmurrando a porta do apartamento do lado, exigindo explicações e vingança.

A vizinha saiu para fora feito um bicho orgulhoso, soberbo. Para pessoas assim, a mãe de Dadaya dizia que tinham merda na ponta do nariz. As duas discutiram, apontaram dedos, pisaram o pé, puxaram cabelo e se atracaram no chão.

Com a putaria instaurada no corredor, os outros moradores saíram, tentaram apartar a briga e não conseguiram. Alguém chamou a polícia. Os policiais já chegaram na truculência, agarrando Dadaya pelo pescoço e imobilizando-a no chão. Era difícil respirar, mas ela conseguia rir de deboche da cara vermelha de arranhões da outra.

Na delegacia, trataram Dadaya com desconfiança e descaso. Achavam que gente como ela era encrenca-certa, cheia de trambiques, não tinha jeito. Essa daí é golpe, comentavam os policiais sem se importarem se Dadaya estava ouvindo ou não. Queriam colocá-la na cela dos homens pra dar um susto, levar um corretivo, pra aprender a não bater em mulher de verdade.

No final das contas, não deu em nada e a vizinha não prestou queixa. Não era uma peça muito boa, muita gente no prédio não gostava dela e todo mundo sabia da fama de assassina de bicho. Pra essa merda não feder mais, decidiu deixar o assunto resolvido pelos hematomas em seu corpo.

Dadaya nunca mais teve vontade de criar nada. Isso até alguns meses depois que Érica foi levada.

Léo chegou em casa, fechou a porta, estava com expressão igualzinha à de criança esperando o Papai Noel em comercial de TV. Ela tirou os olhos da novela e olhou para o homem, notando suas mãos para trás. Achei na rua, decidi apadrinhar. Ele mostrou o gatinho magro, tigrado de cinza e preto. Era uma graça. Dadaya cobriu o rosto com as mãos, soluçando tão forte que os ombros tremiam. Ô minha vida! Se aproximou do sofá. Eu queria tanto poder lhe dar mais, mas o que temos à mão, por enquanto, é esse bichano aqui. Ele precisa de uma casa e amor, eu sei que tu tem de sobra.

Dadaya pensou que não dava para amar mais alguém do que amava aquele homem e que, se conseguisse esse feito, extrapolaria a própria carne.

O gatinho recebeu o nome de Coração.

Baú de tesouro

Dadaya trabalhou, há alguns anos, na casa de dona Mônica, uma das únicas que sempre tinha sido decente de verdade. Ela ria quando contava sobre os lugares que passeou com o marido: Londres, Paris, Escócia... já tinha visto quase toda a Europa e os Estados Unidos também. Estava cansada dos gringos de lá, não aguentava mais! Queria conhecer mesmo era a Austrália, ver de perto um canguru e um coala, que eram qualidade de espécie que só tinha praquelas bandas, explicou.

As duas conversavam quase que o dia todo. Dona Mônica gostava de olhar Dadaya se movendo, mas não como as patroas geralmente fazem, pra botar defeito. Não, não! Ela gostava de ver como a outra era hábil, resoluta e talentosa naquele negócio de deixar a casa com cara de lar convidativo. Uma coisa que ela tinha perdido há muito tempo.

Certa vez, dona Mônica estava chorando no quarto, não tinha saído ainda e já eram quase três horas da tarde. Dadaya fez questão de esquentar o almoço intocado, fazer uma sobremesa, arrumar tudo bem bonito na bandeja e levar pro quarto principal. Prendeu o fôlego quando abriu a porta devagarinho, perguntando se dona Mônica dormia. Ela estava sem maquiagem e nunca tinha aparecido antes de cara limpa, os olhos eram dois poços fundos, escuros nas laterais inchadas. A senhora tá bem? Eu trouxe o almoço, é que já tá tarde... Dadaya, deixe tudo aí, hoje não sou eu mesma.

Ela disse tentando levantar a boca num sorriso esforçado. Obrigada pela comida, você é um anjo, mas hoje só vou tomar um remédio e dormir.

Dona Mônica tomava cada vez mais ansiolíticos e por isso Dadaya passava mais e mais tempo sozinha na casa granfina. Se a patroa antes parecia uma atriz de novela, sempre arrumada como se fosse sair a qualquer momento, agora parecia se vestir apenas de camadas monocromáticas de tristeza e se perfumar com borrifadas de um odor almiscarado misturado com gin.

Dava dó dela e Dadaya tentava ajudar como podia, mas parecia que não tinha jeito. Ela mal comia, estava com o esqueleto amostrado na pele amarela-amarela. Até que tinha dias que ela melhorava de humor, tomava banho, comia uma pêra num pires delicado de porcelana. Lembrou-se de quando a mulher estava arrumando o closet abarrotado das coisas mais lindas que tinha posto os olhos. Olha, tem que ler a etiqueta de toda peça, tá certo? Essas de seda você lava na mão e não bote na secadora, pelo amor de Deus! Era uma alegria ver dona Mônica falante de novo, mas também uma onda de ansiedade cumulativa por pensar que, num estalo de dedos, ela podia voltar aos seus costumes catatônicos de antes. Você gosta de sapato, Dadaya? Dona Mônica perguntou segurando uma caixa preta da Carmen Steffens. Esse acho que ia ficar lindo em você, experimente! Ela abriu a tampa e quase morreu de tão chique que o modelo de salto era. A chinela de dedo foi deixada de lado e Dadaya foi deslizando o pé com cuidado na delicadeza do calçado. Coube direitinho! Nós duas temos os pés grandes, dona Mônica disse que era um presente. Não, num tenho como aceitar não, falou apressada, já querendo tirar aquelas lindezas. Por mim, Dadaya, use eles por mim.

Pouco tempo depois, ela foi dispensada dos serviços. A patroa ia passar uma temporada na Itália, porque o marido decidiu que uma mudança de ares ia lhe fazer bem, dar um jeito naquela tristeza descabida. Itália, não Austrália. Da sua parte, Dadaya usou os sapatos dados em toda ocasião que podia até o dia em que um salto arrebentou na calçada. Remendou até não ter cola que desse conta do rombo. A caixa de papelão preto ela escondeu debaixo da cama.

Vertigem

Nunca gostou de sonhar que estava caindo, queria gritar e chorar toda vez que isso acontecia. Dadaya acordou no chão e não se mexeu por um tempo, esperando até estar completamente acordada. Levantou devagar, com dor nas costas por causa da pancada seca, a cabeça voltava à razão aos poucos. Léo não tinha acordado com o barulho, dormia pesado, roncando como um motorzinho. Ela não ia acordá-lo.

Apressou-se, porque já começava a esquecer do pesadelo e por isso correu até a janela mais próxima e contou tim-tim por tim-tim para a noite. Queria evitar que aquilo saísse de sua cabeça e se tornasse realidade. Era um costume disseminado pelas mulheres de sua família, originário da bisavó, em quem Dadaya nunca pôs os olhos, mas que parecia conhecer como se tivessem andado de mãos dadas a vida toda.

A bisa não passava de uma menina indígena, aldeada, quando um homem decidiu desposá-la, aprisionando-a com as amarras do matrimônio católico. No dia do casamento ela fugiu, embrenhando-se no mato. Se Dadaya fechasse os olhos, conseguiria imaginar com detalhes claros uma menina caneluda, livre só em espírito, fugindo dos capatazes do noivo e de seus cachorros sarnentos.

Acabou se casando à força. Indo para a cama com o marido à força. Pariu seus filhos em meio a muita dor e revolta, mas não guardou o que sabia para si. Seus meninos, ela tratava na rédea curta, fazendo-os trabalhar quase como animais de carga. Acreditava que assim seriam homens bons. Já as filhas, ela amava e mantinha por perto, ensinando segredos para curar dor de cabeça, evitar barriga, realizar desejos (bons e ruins) e até como arranjar um marido de respeito.

O tempo passou e essas filhas aprenderam como evitar um cão sarnento ou outro, incorporando no repertório de sortilégio seus próprios mantras. Dadaya lembrava que a avó pedia de tudo para uma madrinha misteriosa com quem sonhou certa noite. Já sua mãe, para qualquer ocasião, rogava logo para Nossa Senhora do Desterro que desterrasse todo o mal para bem longe, amém. Dadaya juntou todos esses costumes e mais alguns que aprendeu ao longo da vida, lutando para ser reconhecida no meio dessas antepassadas, até porque tinha sua cota diária de cachorros sarnentos para fugir.

Depois de contar seus medos para um céu encarnado pelas luzes da cidade insone, Dadaya se arrastou para a cama e se enfiou debaixo do lençol fininho. Segurou a mão de Léo e fechou os olhos, ansiando por sonhos melhores.

Sol sobre bons e maus

Faziam com que tomar café na calçada fosse um ritual. Dadaya e Juçara sentavam-se na porta de casa, escoradas no muro quentinho da tarde, rindo das desgraças da vida uma da outra enquanto mexiam as xícaras vermelhas e fumegantes com movimentos circulares. O aroma subia. Eram como duas sacerdotisas, gargalhando, embriagadas de cafeína e da fumaça que abria os poros do rosto. Os risos expulsavam espíritos ruins, bordavam em memórias cinzentas uma trama mais colorida, vibrante sob o sol do poente.

Elas recebiam olhares dos que passavam na calçada, espantados com aquelas criaturas horrorosas, tão confortáveis com a vida pública da rua. Os transeuntes balançavam a cabeça e se perdiam na esquina, de volta para suas vidinhas, longe daquele culto vespertino de linguagem estranha. Pagã.

Juçara enxugou uma lágrima com a mão calejada, de unhas compridas; o cabelo pranchado caído por cima de um ombro pontiagudo. Tinha uma tatuagem de cereja bem naquele lugar. Ela parecia abatida, Dadaya pensou, mas não disse nada. A vida é difícil, não precisava lembrá-la. Parece que a gente tá se desmanchando o tempo todim. Juçara falou de um jeito cortante, olhando pro asfalto poeirento. Pegou no pescoço como se tivesse medo de que as amídalas inflamassem. Tu num sente isso não, Dadaya?

O sol brilhou mais forte por cima das telhas vermelhas, se despedindo. Deixados para trás, o azul e o rosa pareciam brincar apressados no céu, talvez com medo de serem engolidos completamente pela noite. Dadaya ainda fazia silêncio. Deu outro gole do café quase frio, que travou na garganta. Precisava de mais doçura para mandar tudo goela abaixo. Às vezes, o melhor é nem pensar em muita coisa, Juçara. Se desmanchando ou não, a gente vai só juntando os pedaço e continua andando. Continua andando. É.

Juçara apertou a boca cheia de enchimento e soltou um beijinho estalado. Tô tentando me apegar nas coisa alegre da vida, sabe? Nesses amores pingado que a gente recebe aqui e acolá. Nas foda, as boa e as ruim também. Nas tarde que dá pra gente se ver... Parece que faz uma vida que não te via mais, mulher! E os assuntos do dia a dia, as rotinas lado a lado, refletidas no vidro sujo de um espelho, foram se espremendo entre elas. Deram as mãos, Dadaya beijou a palma perfumada de Juçara. Mas e essa tristeza na tua vista? Cê tá até parecendo que tá apaixonada! E lá estavam os risos de novo. E eu tô, doida-doida de amor. Quer coisa mais danada pra despedaçar a gente?

Sacrossexual

Daquele dia na piscina, Dadaya saiu com uma pequena cicatriz que descia do couro cabeludo e inúmeras lembranças das homenagens prestadas na calada da noite para a imagem de Léo.

Quando piscava, era sua aparência que acendia seus sentidos no escuro que nem fogos de artifício. A euforia era tanta que acabou se trancando em estado de obsessão, agravada pela fúria adolescente de seus hormônios. As urgências eram seu oxigênio. A cueca estava sempre abarrotada, apertada e úmida. Tinha que vê-lo de novo, em algum momento, mas não sabia como nem quando.

Do seu príncipe só lembrava do nome. Não tinha a quem perguntar, não queria partilhá-lo com mais ninguém. Segredo. Por isso, encontrava-se com ele de olhos cerrados, dente no lábio, dedos apertados. Para Dadaya, o amado estava em tudo e em todos. Era os modelos nas embalagens de cueca, os cantores descamisados nas fotos roubadas de revistas, os atores de TV, o senhor de suas fantasias e até o Jesus seminu, cheio de terços, pregado na parede da sala.

Perdia de todo a vergonha quando estava em sua presença, movendo-se escandalosa, cheia de gozo, fornicando via pensamento em todos os cantos possíveis. Às vezes, nem precisava pensar no corpo de Léo, pingando e exposto pela sunga azul. Bastava imaginar que ele aparecia um dia, chamando para passear de mãos dadas, depois de joelhos, pedindo-a em casamento. Dadaya sempre gozava antes de chegar na parte dos filhos.

Um dia, chorou de tristeza, porque o conteúdo de suas fantasias ia desvanecendo no tempo e findando-se no corpo que exigia por ação verdadeira. Léo aos poucos virou uma figura sacra, guardada num relicário esculpido e adornado com todo amor. Fechadas as portas, Dadaya se lançou no mundo, apartada daquele santo amor pueril. Agora ela explorava a imoralidade dos terrenos baldios, das quitinetes alugadas por homens casados bem mais velhos, acostumando-se com as práticas mundanas.

Quando se apaixonava e tinha o coração partido, cascavilhava nos escombros atrás do seu santuário, pronta para se pôr de joelhos diante de Léo e rezar e rezar. Ali, Dadaya se limpava de sua mácula, tornava-se pura, mesmo que só em devaneio.

Sepultamento

Dadaya levantou a colcha e quase se deitou no chão, enfiando a mão debaixo da cama até alcançar a caixa de sapato preta.
    Estava sozinha.
    Sempre estava quando remexia seus tesouros enterrados. Sentou e abriu a tampa, tirando lá de dentro o maior item: uma agenda antiga, grossa devido a uma rosa mumificada no meio. Abriu-a com cuidado, conferindo se o maço de dinheiro ainda estava ali, um bolinho de dois mil reais preso por um elástico. Tudo bem.
    Digitou no celular o número riscado às pressas na última página, olhando para os lados como se estivesse sendo observada. Dadaya apertou o aparelho no ouvido, esperando e esperando pelos toques longos, intermináveis... Alguém atendeu.
    Oi, Nete, cê sabe quem tá falando. Liguei porque são três horas. Por cima da voz aflita de Nete, Dadaya ouvia um rebuliço infantil e o coração pulou na hora. Agora não dá pra você falar com ela, Dadaya, tá todo mundo aqui em casa. Já disse que ninguém quer nem ouvir falar do Léo e muito menos de ti! Faço isso porque sou sua amiga. Dadaya segurou um soluço. Eu sei, Nete, mas tô com tanta saudade da Érica, que nem me seguro. Um suspiro atravessou a ligação. Olha, a Marlene foi despedida do serviço, agora tá em casa direto, já de macho novo! Só eu e mamãe que olhamos pelas criança,

mas é complicado, você sabe. Escute, amanhã eu lhe ligo e digo um horário novo pra tu ficar ligando.

Outro suspiro.

A menina pergunta é muito de tu, a Marlene não gosta nada. Fico aflita dela soltar alguma coisa sem querer sobre essas ligações! Dadaya quase não se aguentava. Por ela, pegaria um ônibus agora mesmo e resgataria a filha. Eu preciso falar com ela, Nete, pra ela não achar que eu esqueci. Porque não esqueço um segundo, nem um segun... Foi interrompida. Dadaya, eu tenho que ir, mande um beijo pro Léo. Diga que sinto saudades. Vou dar um jeito. Já disse, vou dar um jeito.

Antes de fechar a caixa e enfiá-la bem fundo debaixo da cama, Dadaya pareceu tirar de si a tristeza e encontrar um lugar bem ali, no cantinho entre a agenda, as economias, uma carta dobrada e uma foto antiga da mãe. Talvez tenha chorado. Se o fez, não percebeu. Fechou a tampa, terminou o sepultamento e, vazia, perambulou até a cozinha. Ia preparar bife à milanesa para o jantar, o prato predileto de Léo.

Numa folha de bloquinho

Uma lista:
    Comprar comida do gato.
    Comprar tomates.
    Cebola-roxa.
    Óleo de cozinha (de girassol, mais saudável).
    Batata.
    Peito de frango.
    Carne de lata.
    Salsicha.
    Ovos.
    Uma plantinha pra janela.
    Muçarela (se não estiver muito cara).
    Piranha de cabelo.
    Papel higiênico.
    Quiboa e desinfetante.
    Resolver as férias com dona Geísa (ela vai chiar se for em dezembro por causa do Natal). A família dela vai todinha pro apartamento. Queria mesmo folgar em dezembro.
    Ligar pra mamãe (faz tempo, né?).
    Ah! Cheiro-verde.
    E macarrão? Macarrão.

Aos que ela não conheceu

A mãe pariu todos os filhos em casa e dos três que vieram ao mundo, só Dadaya vingou. Não chegou a conhecer o irmão mais velho e quase nunca se falava dele, até porque não havia memórias suficientes de suas poucas horas de existência. Nasceu mirrado, pulmões arfantes e movimentos débeis. Foi sepultado numa manhã ensolarada no interior. Mamãe nunca conseguira visitar o jazigo.

Depois de Dadaya, a mãe engravidou novamente, acamada logo no segundo mês devido a um descolamento de placenta. Lembrava de vê-la na cama com os membros tensos, quase sem se mexer, apavorada que o menor movimento pudesse causar um aborto.

Quando a hora do parto chegou, Dadaya estava com os olhos vermelhos, inflamados por uma conjuntivite braba. Deitada no quarto abafado, a roupa de cama úmida, ouvia os gritos entredentes vindos do cômodo ao lado. Não sabia quanto tempo passou com os berros lhe rasgando os tímpanos; dormiu. Em algum momento, o pai abriu a porta devagar. Dadaya o via embaçado através de uma camada purulenta. Levanta, vem aqui. Ele disse com secura, saindo em seguida.

Ela saiu pelo corredor escuro com uma mão na parede, guiando-se mais pelo toque que pela vista. Vá se despedir da sua irmã, menino! O pai falou, parado na soleira da porta. Suas expressões eram um mistério. O quarto tinha um fedor metálico, rançoso, impregnado nas paredes. É tristeza, Dadaya pensou. Viu a silhueta imóvel da mãe segurando o bebê e a avó, Mãe Lourdes, chorando baixo numa cadeira de vime.

Quis esfregar os olhos que coçavam, mas os braços estavam duros, seria um sacrilégio. Não via nada direito e achou melhor assim. Já tinha idade para entender a morte. De toda forma, mesmo cega, Dadaya sabia que a irmã não respirava. Mamãe não lembrava ela mesma agora. Aquele borrão em forma de mulher soltava suspiros curtos, rápidos. Ela parecia pequena na cama, como uma menina ou um animalzinho machucado.

Ninguém se movia, pelo menos não por fora. Por dentro, Dadaya sentia algo se bulir, trocer suas tripas. Pensava que ia vomitar. Num estalo, percebeu que aquilo era amor em estado bruto. Estava ficando cheia, daqui a pouquinho ia vazar. De cada poro, sairia aquela substância quente como lava, incendiando tudo no percurso e daí em diante a catástrofe estaria fora de controle. Dadaya não sabia o que fazer, mas queria pegar o bebê no colo antes que o pai chamasse o médico, antes que a irmã se perdesse no passado. Um jazigo cinzento, cheio de mato e um buquê murcho na frente. Aquilo também estaria no avesso da mãe? Revolvendo o útero vazio e o coração feito gaveta abarrotada de emoções pesadas? Imaginou que sim. Queria proteger o bebê em seus braços, a mãe não conseguiria agora, estava fraca demais.

Queria chorar.

Abaixou-se e beijou a testa ainda quente da irmã. Há dias lhe diziam para ter cuidado com o novo bebê, manter distância por causa da conjuntivite. Agora, ninguém a impediu.

Não importava mais.

Prece com pressa

Dadaya fazia o seu caminho de todo dia e no percurso, em direções opostas ou não, cruzava os das outras pessoas com expressões como a sua: nascidas prematuras, incubadas pelo ar fresco da madrugada. Dadaya deu um beijo em Léo antes de sair, avisando que tinha deixado café feito na garrafa térmica. Logo o dia ia passar e estariam juntos novamente. Ele sorriu, ainda sonolento, beijando o dorso da mão dela, selando a jura.

Pegou um-ônibus-depois-outro. Subiu a rua arborizada do condomínio de dona Geísa, juntando-se à marcha dos outros funcionários, muitas mulheres e poucos homens. Dadaya sempre pensava em Deus quando fazia aquele percurso, balbuciando uma reza que lhe servia de companhia, guiando-a ladeira acima e aliviando as dores nos joelhos.

Os pedidos não eram nenhuma surpresa, nem enfeitados com palavras bonitas. Eram diretos, ansiavam por dias melhores, um alicerce de toda crença. Não tinha como ser privilegiada sempre, ela entendia, porque via pelo canto dos olhos as bocas ao lado se movendo em silêncio. A procissão da madrugada devia fazer muito barulho aos ouvidos do Senhor, que apesar de ser o todo-poderoso, devia se aporrinhar com o lamúrio batido daquele povo.

Dadaya ria, imaginando Deus como uma senhora encurvada, carcomida, olhos de lua pálida que já viram tudo e muita coisa, praguejando no portão do Paraíso, exigindo silêncio. Não sabia se estava pecando, então decidiu pedir perdão com antecedência, só para garantir. Se Deus fosse mesmo uma velha, acreditou que ele seria como sua Mãe Lourdes, dada aos rompantes furiosos, mas também aos momentos na cadeira da sala, bordando e assistindo à novela. Era nesses momentos que Dadaya vinha de mansinho, pelos ângulos das paredes, e deitava a cabeça nas coxas acolhedoras. Fechava os olhos quando sentia o afago nos cabelos e ali parecia que tudo tinha um jeito, bastava esperar pelo momento certo. Deus devia ser mesmo uma mulher idosa, ressentida, cansada de carregar tanta dor... Mas amorosa, de colo disponível.

Amém!

Dadaya fez o sinal da cruz e atravessou o saguão de mármore do prédio de dona Geísa. Tirou da bolsa um espelhinho de maquiagem, o elevador de serviço era forrado com uma lona cinza. O caminho de todo dia parecia mais e mais comprido.

Conjugados apartados

Vaso de cerâmica, taças de cristal, folhas duplas de papel toalha, uma fruteira cheia, Dadaya feita de carne, anjinhos de vidro, etc. Dona Geísa e seu Edmilson discutiam abertamente na sala do apartamento, ignorando tudo mais ao redor, anestesiados pela força motriz da briga. Estavam separados pelos poucos centímetros judiciais que impediam uma tragédia, essa corda que prendia as mãos para trás, onde estariam seguras.

Entre um Não aguento mais isso e um Pare de me controlar, Dadaya mordia a cutícula no indicador, escondida na cozinha. Quando conseguiu o encaixe certo nos dentes, puxou para cima, arrancando o mal pela raiz. Dona Geísa e seu Edmilson também pareciam estar desencravando cutículas inflamadas, tirando coisas de dentro de si assim que as presas estavam no local certo. No lugar latejante, o sangue vertia.

Dadaya chupou o dedo e foi até o quarto das crianças, passando despercebida pelo casal, mas não pelos olhos chorosos dos meninos. Calça as chinela, vamo descer pro parquinho? Eles assentiram, esgueirando-se, amuados.

Desceram pelo elevador, Dadaya ladeada pelas crianças, os dedinhos apertados nos dela. Vai ficar tudo bem, os adulto briga pra melhorar as coisas entre eles, viu? Não obteve resposta, mas podia sentir as palavras fervilhando nas mentes infantis e na dela própria também, com essa mentirinha que inventou para acalmá-los.

O mundo dos filhos pequenos é sustentado pelos pais, e as brigas adultas têm resoluções muito mais estreitas que as de uma criança. Está tudo ali, entranhado num pedido de desculpa sincero e na promessa solene de que aquilo nunca mais se repetirá e fim! Amigos de novo! Com papai e mamãe era diferente. A amargura dos anos borrifava veneno nas palavras, o suficiente para uma decadência nem tão lenta assim. Depois vinham as mentiras para encobrir um ego abatido e álcool no fim de tudo para esterilizar a dor.

Dadaya lembrou dos próprios pais, das brigas que tinham. A mãe gritava a ponto de fazer veias saltarem no pescoço. Já o pai era uma parede silenciosa e insondável. Tudo o que mamãe lhe cuspia acabava escorrendo por sua superfície plana, se acumulando nos pés dele tão acostumados a girar no próprio eixo e fugir. Como Dadaya fazia agora, levando os meninos para brincar longe do universo de comoções maduras que logo viraria na esquina de suas vidas, mas ainda não.

Ainda não.

Pimenta no cu dos outros é riso abundante

Quando estava no ônibus, Dadaya colocava os fones de ouvido e música nenhuma, fingindo estar distraída para ouvir os falares alheios. Gostava de participar por um momento de vivências que não eram as suas, capturando os acontecimentos como uma câmera de segurança discreta, bem posicionada. Pretendia mesmo era curiar, descobrir cada detalhe dessas pessoas que ela dificilmente conheceria de verdade. Era a bela de uma fofoqueira! Drama, barracos, intrigas... Tinha sede desses enredos, dos causos que contaria ansiosa para Léo quando estivessem prestes a dormir. Ele era um bom ouvinte e tinha a risada gostosa, como uma lambida lenta no lóbulo da orelha, de arrepiar.

Dadaya se distraiu por um momento, mas retornou a si, célere, detectando a presa como um tubarão num frenesi sangrento.

Duas mulheres, duas cadeiras à frente, conversavam baixinho, suas mãos subiam e desciam adicionando detalhes à prosa. Debaixo da mesa, mulher, acredita?! Ela estava debaixo da mesa do chefe o tempo todinho que a gente tava em reunião!

Balançaram a cabeça como se tivessem ensaiado.

Sangue de Jesus, misericórdia! E ela tava fazendo o que debaixo da mesa dele? Silêncio constrangedor. Meu Jesus! A outra engasgou-se quando entendeu a mensagem evidente nas expressões da colega. Por isso ela não vai ser demitida é nunca! Passa o dia dormindo no estoque, a rapariga ruim!

Dadaya quis rir, mas desviou o olhar para a janela do ônibus, exercitando a escuta oclusa pelos fones de plástico.

E como foi que tu descobriu? A outra bateu palma, assustando-se logo em seguida, lembrando que estava num coletivo. Fui varrer a sala... Falou mais baixo. E vi a vagabunda saindo debaixo da mesa, mulher. Não acredito! Pois acredite, toda DES-GRE-NHA-DA!

As mulheres recostaram-se nos assentos ao mesmo tempo, um movimento teatral. O trabalho fica inteiro pros outros, porque a bonita tá de rolo com o gerente! E o que é que a gente faz? A outra torceu a boca, irritada. Oxente! O jeito é ir pra debaixo da mesa também!

O jorro de risadas tornou menos excruciante o caminho de volta para casa, e só aí Dadaya se permitiu sorrir.

Fetiche: exibicionismo

A noite era dela para abusar e ser abusada.

De luz, Dadaya só dispensava o sol, de resto, queria ser alvejada até por um holofote se disponível. Ansiava ver tudo que o secreto do quarto lhe prometia, saindo das sombras e ganhando fôlego em seu corpo enquanto fodia com Léo.

A pele deles era pura umidade reluzente na eletricidade da lâmpada. Ele gemia debaixo de seu corpo, delirando enquanto ela apertava e expandia as entranhas. Seus balanços engatavam sem tranco, o negrume de melanina lubrificado com azeite ardente e perfumado. Estavam em transe completo, olhos revirando para trás, bocas escancaradas em uivos de besta. Embolavam-se nos lençóis cheirosos, terminavam-se e começavam-se de novo.

Intervalos curtos.

Na atividade, trocavam relatos quando tinham brecha. Falavam do dia, dos desejos, dos anos que passaram juntos e de como não queriam se separar nunca-nunquinha. Ela o abraçava, arrasada, em carne viva. Sempre viva, pulsante. Para Dadaya, o que não palpita está acabado. É finado. Para o que está morto só resta um buraco na terra, o fogo ardente ou o fundo do oceano.

O amor de Dadaya e Léo era coisa que latejava.

Os socorros

A tia-avó Socorro foi uma criança excepcional. Na infância, obedecia tudo que o pai lhe dizia ao pezinho da letra, sem pestanejar. Não brincava correndo no chão quente, não subia em árvore, porque podia cair e se quebrar, e no primeiro grito estava voltando pra casa com os pés batendo na bunda, diligente. Nem zuada como as outras crianças ela fazia. Foi crescendo assim, quieta, dada aos cantos das paredes e à invisibilidade. Nunca se casou.

Impactada com o comportamento atípico de menina nova, a Vida resguardou tudo de acidente que podia acontecer para sua velhice. A começar que a casa onde titia Socorro foi terminar seus anos era trabalhada nos degraus altos, nos batentes, inteirinha coberta de azulejo escorregadio, da área até o quintal. Se quando era miúda sequer ralava o joelho, aos quase setenta e oito anos já tinha uma soma de seis ossos quebrados em quedas variadas e ainda um olho cego resultado de um acidente de topique.

A última desgraça para a conta foi um tropeço no batente para o jardim. Lá se foi o fêmur, partido no meio. Um horror! Mãe Lourdes se recusava a deixar a irmã negligenciada, mas contratar um cuidador estava fora de cogitação, porque era tudo muito caro. Ela não é nenhuma desgarrada, dizia com as narinas infladas. O jeito foi arrumar sua mala e a de Dadaya também, então com dezessete anos, dona de um par de braços desenhados com músculos lisos consideráveis, e partiram para uma temporada com a coitada da tia Socorro. Pegaram um ônibus cedinho, quase de madrugada.

Para Dadaya, a mudança de ares seria uma bênção! Muitas vezes se sentia enjaulada em casa, espremida naquele mundo entre a vigilância da mãe e do pai.

Agora que já estava crescidinha, colecionava um número considerável de homens e meninos que gostavam de enrabá-la no secreto, embora soubessem que segredos são como tecidos de pontas delicadas. Um fiapo aqui e outro acolá, prontos para ser puxados até tudo estar puído. Já duas esposas do bairro olhavam para Dadaya de soslaio, desconfiadas, as cabeças não só cheia de chifre, mas de caraminhola. Ia ser bom se afastar de tudo aquilo, das suas querenças atravessadas. Imatura e inocente, queria que seus amantes sentissem sua falta, endoidassem sem sua presença. Naquela idade, o drama adolescente lhe caía muito bem, tonificando seu charme.

Na casa da tia, com a avó ocupada e longe dos olhares acostumados aos seus pulos manhosos, Dadaya pensou que estaria um passo mais perto de ser livre. Quando desceram na rodoviária abarrotada de gente, atravessaram o pátio e entraram num táxi. Mãe Lourdes logo começou a negociação com o taxista, praguejou com o preço proposto pela corrida, mas aceitou com a testa cheia de rugas fincadas. Chegaram por volta da hora do almoço na casa de tia Socorro, acompanhada da vizinha da frente, uma mulher de estrutura montanhosa com cara de boazinha.

Dadaya tirou as malas do bagageiro do táxi fedorento de gasolina enquanto a avó abraçava a irmã na cadeira de rodas, perna engessada apontando para frente. Estava com tanta saudade, Corrinha, ai! Como que tu me apronta uma dessas? A vizinha só ria das duas, dizendo que ia voltar pra casa pra cuidar do frango no forno. Dá pra todo mundo!

Passem lá daqui a pouco que a comida vai tá na mesa. Ela disse atravessando a rua de calçamento com passos pesados de pedregulho. Dadaya entrou com as malas e botou a sua no quartinho de hóspedes e a de Mãe Lourdes no quarto de tia Socorro. Não vou arredar o pé do seu lado, Corrinha.

Quando foram almoçar na vizinha, o estômago de Dadaya era só fome. Mas tudo desapareceu, até ela mesma sentiu abandonar o próprio corpo por um momento. Do outro lado da mesa, estava Léo, crescido e mais lindo que nunca.

Manticora

Dadaya estava de licença do serviço. Para isso, precisou mentir para dona Geísa, dizendo que se acabava de dor de barriga. O veredito: um dia de salário descontado, mas valeria a pena. Na pracinha fervendo, abrigava-se na sombra de uma mangueira, olhando o horário no celular. Estava quase na hora. Enfiou o aparelho no bolso traseiro do short jeans, passando o peso de um pé para o outro. Os sovacos já estavam úmidos de suor, duas manchas escuras na blusa. Era uma transpiração fria, como se a pressão tivesse caído. Precisava ficar inteira.

Ouviu os sinos de encerramento da escola como quem escuta as trombetas do Apocalipse. As crianças maiores saíram primeiro, depois as mães puxando os filhos menores pela mão.

Nete apareceu no meio do punhado de pessoas trazendo Érica a tiracolo; a mulher olhava para um lado e para o outro, à procura. Os olhos nervosos pulavam daqui para lá até se assentarem na imagem de Dadaya, com um sorriso choroso nublando o rosto. Érica também a viu, deu um pulo e se soltou da tia, correndo até a pracinha com a cara pintada de tinta guache.

Mãe Daya! Érica gritou e Dadaya só teve tempo de se ajoelhar e recebê-la num abraço que a fez sentir como mãe do mundo inteiro. Minha filha, ela repetia enquanto beijava a cabeça da menina, inspirando o cheiro infantil dela como se quisesse estocá-lo dentro de si. Ô, meu amor! A mãe tava morrendo de saudade, viu? Não queria parecer triste na frente dela, mas a voz agiu como uma coisa traidora. O choro estava entupido na garganta. Não ia chorar, pelo menos não agora. Cê tá magrinha, Érica, não tá comendo direito? A menina soltou um suspiro, os braços ainda envoltos no pescoço de Dadaya. Ela dá trabalho pra comer, Dadaya, já briguei e tudo. Quem respondeu foi Nete, ansiosa. A mulher irradiava nervosismo, como se estivesse cometendo um crime. Você tem que comer pra ficar forte, pra num ficar doente, meu amor. Dadaya deu outro beijo. Eu vou voltar com tu, Mãe Daya?

Dadaya olhou para Nete, trocando pelo ar aquela aflição madura demais para a menina entender a profundidade. Ainda não, meu amor. Dadaya quis morrer. Escuta, a Mãe Daya vai dar um jeito da minha filha voltar lá pra casa, tá certo? O papai também tá morrendo de saudades.

O choro sacolejou o corpo inteiro de Dadaya, querendo vir como um amigo, derramar algumas lágrimas para lavar todo aquele desgosto que a esmorecia. Manteve-se firme, não queria que Érica, pintada de tigre, a visse se acabando. Vamo brincar no parquinho um pedaço? E saíram de mãos dadas pela praça até o escorregador de madeira. Nete se manteve distante, deixando as duas aproveitando aquele momento passadiço.

Quando tiveram que ir embora, não trocaram muitas palavras, porque o encontro devia ter gosto de que logo se veriam de novo. Dadaya estava com os ombros trêmulos, dando tchauzinhos enquanto a filha se distanciava até sumir.

Precisava sentar por um momento, foi aí que pensou que choraria... Mas não. O corpo ficou todo gelado. Não teve raiva, nem tristeza, nem lágrimas. Só ficou ali, no banquinho da praça, pensando que bem podia ter morrido sem perceber.

A esposa de Ló

Voltar era o que Dadaya queria. Para uma altura no tempo onde seu fardo fosse outro, porque o presente parecia tão difícil, que sentiu saudade das coisas em si que precisou se desfazer no caminho. A dor habitual é como uma comadre convidando para um abraço caloroso, é Sodoma e Gomorra chamando para uma última olhada fatal. Essa ambição contraditória e absurda era tudo o que suspirava.

Dadaya não se importava de dormir e acordar no quarto onde cresceu, ouvindo o vento correndo pelo teto sem forro, fazendo as telhas vermelhas cantarem. Ali se preocuparia apenas em se esconder, trilhar aqueles caminhos gastos para dentro de si, em fuga. Funda. O que seria melhor do que se sentir com as vísceras espalhadas pelo chão como segredos vergonhosos.

Queria era um pouco de paz! Uma pitadinha bastava, um fôlego que fosse.

Decidiu que ia pegar um ônibus e visitar a mãe e a avó, Léo podia ir com ela se conseguissem alinhar as folgas. Dadaya queria voltar para o conhecido, para o familiar. Embora soubesse que muito teria mudado, se entramelava nos detalhes, que seriam os mesmos.

A mãe odiava toda sorte de médico, por isso, só usava óculos genéricos de farmácia, o que lhe deixava com uma constante cara de entojo. Um olhar apertado de juíza.

Mãe Lourdes talvez não a reconhecesse mais; a vista foi

levada pela catarata e a mente, pelo Alzheimer. Estava quase livre. Mesmo assim, ainda sentava na varanda e cantava salmos para o crepúsculo.

O pai continuaria não estando lá, mas seu cachorro sim: o dono da rua, o vira-lata cor de areia de olhar atrevido. Quando passava por ele, Dadaya sentia uma agulhada de inveja. Para o cão, a vida estava ganha até a próxima fome coçar. Isso lhe bastava.

Decidiu que ter aquela saudade era insalubre.

Queria ir pro seu interior.

Este lugar-comum

Descobriu o nome de Aranoa sem precisar perguntar, porque ela mesma lhe disse, apressada, sem traquejo com as palavras e sequer completando o movimento de encarar Dadaya diretamente na cara.

Era uma coisinha de mulher se espremendo num corpo magro, amarelado, de ombros contraídos, tudo inserido no conjunto puído verde-soldado grande demais para ela. Tinha cheiro de roça, não de hortaliças frescas, mas do ato de plantar e colher. Dadaya gostou dela assim que botou os olhos, se metendo quando a menina que a outra cuidava lhe tacava um beliscão no braço.

Aranoa parecia aperreada no parquinho do prédio, extraterrestre, rebolada num lugar onde as regras de convivência não lhe foram explicadas. Chamava Maria Alice, sua patroazinha, com um sopro de voz. Maria Alice, Maria! Vamo subir, tá na hora. Maria Alice ignorou, correndo afoguetada com as amigas, bochechas vermelhas e o cabelão preto grudento de suor. A babá estava ficando nervosa, não queria descumprir o combinado, mas o que podia fazer? Estava naquele lugar sensível entre pedir inutilmente com carinho ou descer um tabefe, o pontapé para a demissão.

Dadaya via tudo de longe, um olho lá e outro na brincadeira dos filhos de dona Geísa. Paralisada e pouco falante, a babá continuou a ladainha miúda até aborrecer a menina, que desceu do escorregador como um raio. Não quero subir! Falou com toda a pomposidade que seus oito ou nove anos lhe concediam. Não quero, não vou e pronto! E botou a babá no seu lugar servil com um desses beliscões gulosos, de arrematar um montinho tenebroso de pele que nem uma pinça. Torceu sem dó, sem pensar se sua vítima era gente ou bicho. Ela guinchou, mas não se desvencilhou, talvez porque buscasse entender se tinha feito algo para justificar o castigo.

Foi aí que Dadaya surgiu ao lado da ocorrência, fazendo cara feia para Maria Alice, que se despregou de Aranoa por puro susto. Não se dirigiu em nenhum momento à menina, mas voltou-se para a mulher com cara estatelada de assombro. Deixe ela fazer essas coisas com você não, diga pra mãe dela o que ela fez, viu? Mostre o braço se for preciso. Maria Alice ficou ainda mais branca com a menção de que seria denunciada. Foi sem querer! Começou a dizer entre pulinhos nervosos. Diz nada pra minha mãe, não, por favor, por favor! E olhou rápido para Dadaya, depois para a filha da patroa. Cê nunca mais que faz uma coisa dessa comigo, entendeu? Se tiver uma próxima, eu conto pra sua mãe.

Cumpliciaram um sorriso.

Noutra ocasião, calhou das duas descerem com as crianças ao mesmo tempo, ficando no campo de visão. Aranoa foi chegando pertinho, tímida. Dessa vez, usava a farda e o tênis branco de babá, parecendo que tinha ganhado um pouco mais de peso, o cabelo crespo preso para trás. "Aranoa" o meu nome. Parece nome de princesa. Dadaya estendeu uma mão. O meu é Dadaya.

Cê não parece com as outra, sentou no banco de madeira ao lado de Dadaya. As que trabalha aqui, elas não gostam de bater papo, nem se metem no caminho uma da outra não. Sei lá, cheguei tem pouco tempo, eu, mas elas parece que faz parte das parede ou dos brinquedo das criança. Sempre espalhado por aí, fora do canto.

Dadaya falou que ela ia se acostumar com a vida de doméstica num prédio granfino daqueles, e que, acima de tudo, podia ficar mais despreocupada, tinha feito uma amiga.

Perspectiva

Para Dadaya, "estar ao léu" significava o mesmo...
    E outra coisa.
    A vida lhe ensinou duas boas versões.

Cardume

Sabia que minha mãe nunca viu o mar? Acho que ela nem faz muita questão, mas, pra mim, era uma coisa que todo mundo devia ver pelo menos uma vez. Dadaya disse para Léo enquanto jantavam na mesa da cozinha.

    Lembrou dum tempo infantil em que a chuva se estatelava como quem queria quebrar a promessa divina feita em seu nome. O bairro todo ficou sem luz e o sono foi logo enxotado pela falta do ventilador ligado no três. A trilha sonora da insônia forçada era a cantoria das muriçocas voejando perto dos ouvidos. Depois de todo aquele furdunço da natureza: o silêncio quebrado apenas pelo chiar discreto das poças evaporando no sol ardente, cruel.

    Dadaya saiu pelo quintal enlameado para brincar, enterrando os carrinhos que odiava até desaparecerem por completo. Correu de um lado pro outro, abriu os braços como se fosse alçar voo, inventou brincadeiras até ver uma poça fervilhando no canto do muro. Aproximou-se sabendo que ia ver algo que nunca tinha visto antes. Naquele momento, seus sofrimentos (todos que uma criança pode ter) pareceram se tingir com tons de magia e brilho de encanto. Quase não lembrava mais da cara de desagrado do pai ou dos comentários cruéis dos colegas de escola. Isso tudo porque a poça estava viva, cheia de peixinhos lançando as bocas minúsculas para fora da água rasa e escura, quase gritando por socorro.

Não sabia como os peixinhos tinham chegado ali no quintal de sua casa. Vai ver choveu tanto que o mar lá longe transbordou, desceu pela rua e desaguou naquele lamaçal. Sem demora, foi revolvendo a terra molhada até ter um buraco de tamanho considerável; forrou o fundo com um saco de lixo azul e derramou dois, três baldes d'água. Com cuidado, essa era a parte mais delicada, foi resgatando os peixinhos pretos para seu novo habitat. O mar particular no quintal de Dadaya.

Claro que os peixe não era peixe coisa nenhuma! Era tudo girino e Mãe Lurdes quase morre quando viu minha obra no quintal. Mas eu expliquei que tinha feito aquilo pra que mamãe visse o mar uma vezinha. Dadaya se desfez na risada de Léo, que se inclinou para beijá-la. E ela gostou de ver o mar de girino? Dadaya confirmou, quase sentindo o afago dos dedos carinhosos da mãe em seu ombro.

Mais uma gotinha de saudade em seu oceano.

Milagre

Toda noite, antes de dormir, Dadaya deixava a mente esvaziar enquanto ouvia as rezas cadenciadas de Mãe Lourdes e tia Socorro. Mesmo sem estar presente, podia vê-las claramente, iluminadas pela vela acesa na mesa de cabeceira, falando com Nossa Senhora da Assunção. O ritmo a acalmava a ponto de sonhar ainda acordada, um pé na realidade e o outro do lado de lá. Dadaya ouvia como se as palavras fossem mágicas, fazendo vibrar as paredes.

Ó minha Senhora, ó minha Mãe, eu me ofereço de todo a vós... Ela nem percebeu quando repetia os versos com uma voz muda no escuro de seu quarto. Eu me ofereço de todo a vós. Dadaya dizia, mas não para a santa. E sabia que Nossa Senhora não teria raiva, até porque a vinha abençoando até então. Percebeu-se pensando na casa do outro lado da rua, no quarto que ela conseguia ver pela janela: o quarto de Léo.

Se aquilo não era uma bênção, não sabia de mais nada.

Quando não estava cuidando de tia Socorro, Dadaya passava a maior parte do tempo livre de olho no cotidiano de seu príncipe encantado. Tinha certeza que era ele, o menino que a salvou na piscina, agora um estirão de rapaz. Bonito de morrer! Tudo o que fazia era motivo para arrancar um suspiro de Dadaya. Estremecia ao vê-lo chegar do jogo de futebol, tirar a blusa para tomar um banho, sair arrumado de noite e até trazer moças à casa quando a mãe não estava.

Dadaya o estudava como se estivesse diante de uma nova espécie, um elo perdido entre sua infância e o agora, onde já imaginava ter se munido de toda sabedoria que a adolescência podia conferir, quase uma adulta. Fingia serem acidente as esbarradas nos horários (anotados) que costumava chegar ou sair de casa. Seu sorriso estava sempre lá, despontando nos primeiros pelos escuros que tomavam o seu rosto.

Ele não parecia lembrar quem Dadaya era, mas ela não se importava. Eu me ofereço de todo a vós. Repetiu, de novo e de novo, desejando que Léo ouvisse a prece feita em sua homenagem. Me ofereço de todo a vós e, em prova da minha devoção convosco, vos consagro neste dia os meus olhos, meus ouvidos, minha boca, meu coração e todo o meu ser! Amém!

E dormiu.

Na manhã seguinte, ouviu Mãe Lourdes conversando alegre na sala, não sabia com quem. Arrumou os cabelos, já começando a ficar compridos, e saiu pelo corredor. Como que mandado pela santa, Léo estava de papo com a avó e desviou os olhos para Dadaya assim que chegou. Obrigada, obrigada! Falou para si e teria feito o sinal da cruz se pudesse. Leonardo, você já conhece meu neto, não é? E o rapaz fez que sim. O filho da vizinha veio ajudar com aquela goteira na cozinha, viu? Ajude o moço com o que ele precisar.

Mãe Lourdes saía todas as manhãs para comprar pão e tia Socorro aproveitava para dormir um pouco mais. Na cozinha, Dadaya até relutou, mas não conseguia despregar os olhos de seu amado, trepado na cadeira enquanto mexia no teto sem forro, arrumando as telhas. Escuta... O rapaz falou de repente. A pancada naquele dia da piscina foi tão grande que tu esqueceu de mim?

Debaixo da pele de gata

Para o samba de domingo, Dadaya escolheu uma blusa apertada que incendiava o bico dos peitos, deixando-os vivos, certeiros para a noite. O ar dentro do barzinho tinha cheiro de cerveja e promessas, e não era raro Dadaya desviar os olhos para a entrada entre uma rebolada e outra.

Não sabia se ela viria, mas esperava que sim. Do fundo do coração.

No serviço, costumava fumar sozinha, entre as últimas vagas do estacionamento e a lavanderia do condomínio. O intervalo era seu momento de silêncio, longe dos sons ambientes do apartamento de dona Geísa. Ali não tinha criança gasguita, as brigas do casal nem as passadas agoniadas da patroa, caminhando de lá pra cá feito um bicho enjaulado. Gostava de sorver o silêncio junto com o cigarro, ouvindo o papel chiando enquanto chupava. Podia pensar em tudo e em nada ao mesmo tempo, o que lhe dava certo ar de meditação. Dadaya se sentia no topo de uma montanha.

A única interrupção que permitia, e que até alegrava seu coração, era quando Aranoa aparecia fingindo costume ao pedir um trago. Seus dedos eram desajeitados, a boca dura demais, carente de um molejo nos lábios cheios. Ela tossia e as duas riam. É ruim, mas é bom. Era o que dizia quando se recuperava. Você pega o jeito, como tudo nessa vida, só precisa praticar.

O encontro foi virando costume e uma dor quando não se consumava. De repente, o enclausuro do intervalo se tornou solitário demais, e era bom ter uma amiga do trabalho para jogar conversa fora, budejar com cara de entojo sobre as barbaridades dos patrões. Dadaya não conseguia deixar de notar o jeito como a mulher se mexia, como ganhava peso, como arrumava o cabelo castanho claro, nos traços que conseguiam ser bonitos e feios ao mesmo tempo. Linda, linda. Gostava dela de graça, mas não com o desdém de quem pensa que cavalo dado não se olha os dentes. Se afeiçoou como se já fossem conhecidas de um passado dividido entre guardar intimidades, enxugar lágrimas e rasgar beijos apaixonados. Aranoa era uma dessas razões que tiravam a cabeça de Dadaya do rumo duro da vida, dos problemas que se acumulavam nos envelopes de conta, das demissões que assombravam o emprego de Léo e da saudade criminosa que sentia de Érica. Ansiava por certo alívio do viver, lutar para que as coisas não se perdessem nesse tudo ou nada carniceiro.

Aranoa chegou no final de uma música, no meio de um rodopio de Dadaya, já partindo para o segundo litrão de cerveja. Elas não deram folga para os olhares, que se demoraram um no outro, naquela curta distância ébria do boteco. Pensei que você não vinha mais, Dadaya disse, alcançando um copo americano meio cheio. O jeito como mexia no cabelo, a forma faceira de se apoiar no balcão, era o seu jeito enluarado de dizer boa noite.

Sem nem perceber, afastaram-se das paredes gordurosas, do chão de cimento queimado, dos cachaceiros nas mesas de plástico amarelo, e dançaram para um mundo só delas. Dadaya, Aranoa e a Música. Naquela gangorra de alegria, não importava quem estava em cima ou embaixo, só o empurrão das coxas para estirar aquela fuga dominical. Porque se o mundo parasse e deixasse as duas ali, dançando como se não houvesse o porvir, estariam inteira e completamente felizes.

Manjar

Ela gostava de aproveitar as pequenas dores que surgiam em seu corpo, como a farpa que entrou na cabeça do dedo anelar enquanto lustrava uma cômoda. Distraída com a conversa de Juçara, que mexia nas panelas no fogão sem calar a matraca, Dadaya cutucava o ponto inflamado e vermelho com a unha do dedão. No fundo, tinha até certo terror de não lembrar como é estar totalmente confortável, sem se espinhar ou ranger os dentes por alguma agonia contida.

Olhava para a amiga com o cabelo frisado preso num coque e ouvia o batecum das tampas de panela que temperava o papo descontraído sobre o novo boy. Esse era lindo como os outros, carinhoso como os outros, engraçado, sabia foder e só de vez em quando bebia muito, exagerava e ficava ciumento, gritava e ficava vermelho de raiva, dando murro em parede. Como todos os anteriores, saiu do mesmo molde que Juçara gostava de desenformar. Dadaya até se sentia culpada, porque as ideias estavam embaralhadas, iam e vinham como se tivessem força própria, soltas da coleira da concentração. Sua mente era múltipla, incapaz de focar em conversa de amor rotineiro.

Dadaya cutucou a farpinha com um pouco mais de brutalidade, enquanto Juçara provou o feijão com a boca esticada num sorriso. Tu acha que falta sal? Pra mim tá perfeito, mas quer provar? E apontou uma colher para Dadaya como um padre oferecendo a hóstia. Na beira da estrada, nas esquinas e postos de gasolina, Juçara tinha fama de ter mãos treinadas para seus clientes, pegando com vontade, apertando, fazendo-os terminar boquiabertos. Mas o feitiço de seus dedos acontecia era na cozinha, e tinha mesmo pena dos homens que não provavam dos seus preparos.

Tá uma delícia. Dadaya respondeu depois de engolir, ainda distraída. Dadaya, eu te conheço tem tempo, quando tu tá indo eu já tô voltando. Juçara balançou a cabeça, os poros do rosto afrontados pelo calor da beira do fogão enferrujado. O dedo inflamado pegava fogo, pulsando com as cutucadas insistentes, escondidas debaixo da cadeira. Hoje tem menos ar pra mim respirar, sabe? Parece que vou morrer sufocada. Sabe a Marlene, prima do Léo, lembra? Vai se mudar com a Érica pra longe, Juçara. Dadaya soluçou. Acho que nunca mais que eu vejo ela e não sei o que eu faço.

Sem demora, as mãos se juntaram num gesto de proteção, como as cachorras com presas à mostra que se botam na linha de frente para defender as crias. Eu não sei o que te dizer. Juçara confessou, já com os olhos grandes e escuros submersos em lágrimas cristalinas. Ela passou o dedo livre na base da pálpebra, cuidando para não borrar a maquiagem preta. Tu é uma pessoa boa, Dadaya, de verdade. É um tipo que a gente morre um pouquinho quando a vida faz uma dessas! Dadaya sentia os ombros tremendo. Eu ia atrás dela, amiga. Ia atrás da prima do Léo e pedia a menina, sei lá, dizia que ela ia viver melhor contigo. Você é a mãe dela, porra. Você, mais ninguém.

Dadaya pareceu olhar de verdade para Juçara pela primeira vez desde que foi visitá-la. Estava mais magra, as bochechas fundas e os olhos despontando, irritados de veias vermelhas. Naquele momento, deixou a farpa no dedo em paz, pensando que a extrairia quando chegasse em casa e agradeceu aos nomes divinos que conhecia por terem botado

Juçara em sua vida. A amiga era da sarjeta fria, da vida que se desenrolava sigilosa nas ruas desertas, nas traseiras dos caminhões, enfeite dos motéis-neon cheirando a sabonete barato e leite derramado. Ela era produto de uma receita de ingredientes populares que davam o ano todo. Acima de tudo, teve sorte de se desvendar antes que fosse engolida crua, sem preparo algum.

Cada um vende o corpo como pode. Juçara usava o seu para a mais pura e sublime devoração.

Janela anônima

Quando dona Geísa não estava em casa, nas raras ocasiões em que levava os filhos para sair, o apartamento parecia perder certo nível vibracional, como se aproveitasse a pausa para respirar tudo que continha durante as gritarias intermináveis e a confusão pegajosa das crianças endemoniadas. Dadaya gostava de parar no meio da sala, olhando para o teto branco de gesso, sem os fones de ouvido, deixando a calmaria penetrar nela até as orelhas zumbirem e o cérebro ter consciência de que estava vivo, operante.

Naquela manhã, seu Edmilson estava trabalhando de casa, trancado no escritório como se também buscasse refúgio da própria vida. Dadaya quase esquecia que o homem estava lá, salvo as vezes em que ouvia uma conversa abafada atravessando a porta fechada e quando o patrão saía para buscar um copo d'água ou café. Para Dadaya, seu Edmilson era um desses homens pálidos, nem-feio-nem-bonito, sem graça, que fácil-fácil se dissolveriam até virar uma poça que teria que limpar depois. Quase chegava a ter pena dele: solitário, sufocado naquela vida granfina que pareceu encarcerá-lo subitamente. Mas sua natureza nem-nem também nunca o impediu de protegê-la dos caprichos debochados da esposa, fazendo dele um espectador distante e antipático. Não era bom nem ruim.

Nada.

Dadaya esfregava o corredor, pensando que dona Geísa ia ter que trocar o esfregão já velho, quando viu a porta do escritório entreaberta. Seu Edmilson era muito reservado e quase nunca a deixava limpar o espaço que fedia a abafado e perfume masculino. O urso tinha saído da caverna sem ela perceber. Pensou em limpar pelo menos o chão engordurado e o fez. Nada do patrão. Sacou um paninho do bolso e espanou a mesa dele e o computador quando esbarrou no mouse, fazendo a tela escura se acender, jorrando sua luz azulada no ambiente escurecido pelas cortinas *blackout*.

Dadaya parou por alguns segundos, petrificada pela movimentação lasciva do vídeo pornô rolando na tela. Eram dois homens, a gravação amadora tiritando devido ao ângulo da mão de quem metia, mostrando uma cena recortada de safadeza. Entra e sai, bate-estaca, pelos, cu e suor. Quando o feitiço se quebrou, Dadaya saiu ligeira do escritório, munida de balde, esfregão e paninho, quase correu até a cozinha, o coração subindo pela goela.

No momento em que a respiração foi se regulando, Dadaya prendeu um riso, pensando em seu Edmilson trancado no escritório, vivendo os momentos simulados de prazer que só ele mesmo podia satisfazer. Será que traía dona Geísa com homem? Passou a imaginar se os dois ainda trepavam e, pelo que bisbilhotava, constatou que não.

Brusca, Dadaya sentiu uma urgência dolorida pelo fervor de sua própria cama.

Fêmeas entre frestas

Às 17h40, pontualmente, Dadaya estava banhada, com a bolsa de couro no ombro, pronta para deixar o apartamento da patroa e caminhar até a parada de ônibus na esquina, cortando as calçadas noturnas com as passadas ligeiras que a vida ensina a toda travesti.

 Se parasse para pensar em tudo que fazia de forma tão mecânica, lembraria que quase nunca tinha se atrasado ou se demorado mais que o necessário por alguma demanda do trabalho. Sabia que o pulo do gato estava na manha de pegar o ônibus que saía do terminal rodoviário às 17h30 e passava por ali ainda com um ou outro assento vago. Seguia o horário à risca porque, como se tivesse sido ensinada pela mãe, gostava de esquentar o jantar de seu marido, preparar-se para a chegada dele, pronta para animar suas expressões fustigadas pelo expediente.

 Mas hoje seus planos foram comprometidos.

 Dona Geísa morava no terceiro andar e Dadaya tinha o costume de usar as escadas, porque gostava da descida silenciosa com cheiro de limpeza bem-feita. Pensava também que mal não devia fazer um certo exercício, que ia ser bom pro seu coração. Antes da porta da saída, Aranoa estava recostada na parede, mãos para trás e expressões distraídas na cara até ver que Dadaya se aproximava. Ela parou com um pé num degrau e o outro no seguinte, a mão sentindo o ferro frio e áspero do corrimão. Tava esperando por ti.

Às 18h, pontualmente, o ônibus estacionou ao lado da parada da esquina. Um punhado de pessoas subiu, mas Dadaya não estava lá.

No silêncio da escadaria do condomínio, as luzes com sensor de movimento se apagaram para as mulheres se olhando, uma esperando a faísca que botaria pra correr toda aquela escuridão num verdadeiro incêndio. Sem pensar, Dadaya se deixou guiar pela atração magnética do corpo à frente e se jogou sobre ela, agora aclarada pela luz elétrica que quase iluminava as fagulhas que saíam daquele beijo ardente.

Aranoa era uma criaturinha pulsante debaixo dos apertões de Dadaya, que sentia suas mãos lhe trazendo para mais junto, mais junto. Nunca tinha imaginado participar de uma cena daquelas, os dedos quase adestrados já percorrendo o trajeto para desatar o botão da calça branca de babá, afundando-se nos pelos espessos até a umidade abundante das coxas da outra.

Por um segundo, enquanto beijava, Dadaya sentiu uma fúria subindo da barriga até o peito, como se fosse virar bicho. A amante tremia com sua movimentação vigorosa, os olhos tombados para trás sem saber do perigo que corria. Se pudesse, Dadaya queria segurar os lados daquela boceta com as mãos e puxar, puxar, até que estivesse rasgada em duas, ao meio, feito uma folha de papel. Sua vida inteirinha foi se desenrolando que nem um filme num cinema ruim, as cenas ondulando com a luz capenga do projetor. Diante da recepção que sugava, lembrou de como era dar o cu, de como sangrar era um hábito corriqueiro, um pedágio para ser amada como queria. Como tudo teria sido se a ferida aberta que trazia não estivesse em suas entranhas, mas no meio de suas pernas?

Dadaya estava lascada de inveja.

Aranoa cravou as unhas em suas costas com um esforço sobre-humano para não soltar um gemido tão poderoso quanto o primeiro choro de um recém-nascido. E depois do gozo dado, Dadaya a olhou como a quem concebe um filho, vendo os olhos confusos pela primeira vez, injetados de todos aqueles pensamentos primitivos sobre como seria o ato de viver dali para frente. Toda a raiva e a inveja pareceram se esvair em redemoinho por um ralo, deixando-a excitantemente vazia.

    Dadaya encontrou um beijo e parecia que ia se desfazer em luz, cedendo a matéria para o ar. A boceta agora era como se fosse sua própria, uma flor postiça que escorria seiva venenosa, convidando apetitosa para ser degustada. Queria colhê-la pela raiz, plantar num vaso onde pudesse regar, apreciar e cheirar.

Gênesis

No sétimo dia depois da criação da Terra, Deus precisou de um descanso antes de criar a mulher. Dadaya não entendia como Deus, o Todo-Poderoso, podia se cansar, mas imaginava que criar um planeta inteirinho devia ser trabalhoso até para Ele.

Quando acordou, viu Deus que tudo que tinha criado era bom, e só daí elaborou a mulher para abalar as estruturas de toda aquela benfeitura estagnada. Se as travestis também foram criadas nesse entremeio, devem ter vindo da transmutação do sangue e das lascas de osso restantes da cirurgia de Adão e do nascimento de Eva. Dadaya imaginava que suas ancestrais chegaram de ruma, entrameladas, curiando a maravilha do jardim com os olhões brilhando de curiosidade, ávidas para satisfazer os sentidos.

Ou:

Essas criaturas, nem-homem-nem-mulher, podem ter vindo do berço do qual se originou a Serpente. Do lugar onde o chão cravejado das pedras mais preciosas, verdadeiras pepitas cintilantes, que não apagavam o resplandecer de seu caminhar cruzado. Depois, aporrinhadas das auréolas e das harpas, desceram os degraus da graça para se esbaldar na lama de Adão, para serem buscadas por ele em segredo, como se Deus, que a tudo vê, não mantivesse a atenção fixa nas travestis em tempo integral.

Dadaya se perguntava por que tinha sido posta na Terra para ser do jeito que era, à vista de todos, causando pânico como um animal que fugiu do zoológico. Em reza, perguntava se não estava sendo castigada como boa-pecadora que era. Em algum momento esteve mesmo segura? Duvidava! Mesmo quando criança, mesmo internada no corpo de menino, tinha os muros baixos, permitindo um vislumbre da criatura que se punha ávida para exibir suas nadadeiras furta-cor. Sua essência transbordava nos cílios longos, no movimento desmunhecado das mãos e no rebolado inerente da pouca carne dos quadris, no jeitinho de virar a cara quando lhe chamavam por seu nome morto, atraindo para si as sombras da vida que mais e mais pareciam querer encerrá-la no breu total.

Dadaya se sentia cansada como se tivesse criado o mundo inteiro e, na verdade, tinha era perdido a conta dos dias de trabalho encarrilhados. Precisava de descanso urgente, mas estava com Nete ao telefone, implorando para que a deixasse falar com Marlene. A punição de Eva era parir em meio à dor excruciante, que não podia ser maior do que padecer pela ausência de uma filha roubada. Léo estava ao seu lado, segurando sua mão livre. Estavam juntos, devorando o fruto amargo à força, conhecendo mais uma vez o ódio daqueles que os desprezavam por estarem nus à luz do dia, sem vergonha do seu amor.

Nete, a Marlene não pode levar a menina! Tu mesma diz que ela nem liga pra Érica, por favor, tu precisa me ajudar! Tô desesperada! Dadaya apertou o celular, os olhos cerrados para barrar o pranto. É dinheiro que ela quer? Me diga se é dinheiro que ela quer!

Meu Deus, meu Deus.

Quando Nete finalmente desligou, Dadaya estava sentindo o corpo vibrando por inteiro. O que foi que a filha da puta disse? Léo perguntou com expressões pesadas. Ela disse que quer marcar um encontro.

Boa noite, noite adentro

Léo dormia pesado com a cabeça em seu colo, já Dadaya seguia com os olhos ressecados e insones, grudados no noticiário da madrugada que corria desembestado como um grito de socorro.

Aquela noite se fazia como se fosse durar para sempre, com suas horas atoladas parecendo que não iam para lugar nenhum...

...Mas foram, de repente, e num arranque descabido, fazendo gritar o sol da manhã e a certeza de que o expediente iria começar logo-logo-logo.

O mundo não tinha parado no final das contas.

Era hora de Dadaya despertar.

Agridoce feito morrer

Morangos eram as frutas mais bonitas aos olhos de Dadaya. A graça talvez fosse nunca ter visto morango dando em canto nenhum, parecendo uma coisa de plástico ou cera, feita por gente. Segurava um entre o indicador e o dedão, girando só pra casca rosada absorver o brilho da luz da cozinha de dona Geísa. Ao mesmo tempo, aquela belezura falsificada lhe enervava. Quando sequer tinha comprado morango? Ainda mais fresco-e-orgânicos como aqueles?

    Dona Geísa estava conversando ao telefone com uma amiga, alheia às frutas que logo seriam trituradas para virar um *smoothie* cremoso. Do seu lugar de miséria, Dadaya fazia cara de nojo para os movimentos despreocupados e os risos estridentes com o desdobrar da ladainha borrifada com perfume Calvin Klein.

    Sentia como se assistisse à cena de uma novela: a sala de gesso saída de um catálogo de móveis caros como um cenário para abraçar aquela atriz resplandecente. Cútis rebocada de maquiagem natural para a manhã, cabelos lisos presos num rabo de cavalo perfeito e escorrido, roupas de *yoga* ainda no corpo que pelejava ferozmente para emagrecer.

    Na TV de verdade, o jornal noticiava que o cadáver de uma velhinha fora encontrado um ano após sua morte no Reino Unido, ainda sentado na cadeira de balanço da sala. Aquilo parecia mesmo coisa de gringo ou de gente rica, sem afeto, Dadaya pensou. Sabia muito bem que a velhice chegava para todos e vinha devorando os anos a galope. O abandono também. Mas gostava de se imaginar num mundo que seguia um pouquinho os costumes passados pelas mulheres de sua família.

Tia Socorro morreu na tranquilidade de sua cama, não teve uma morte solitária esperada para uma mulher sem marido e filhos. Mãe Lourdes estava ao seu lado no momento, contou que sonhou que precisava acordar e despertou para ver os olhos serenos da irmã se apagando para o mundo, o espírito fazendo as malas e partindo para o além.

Dadaya acordou no meio da madrugada com a avó lhe tocando o ombro. Sua tia foi pro céu. Disse sem arrodeio antes de deitar no lado vago na cama estreita, o corpo ossudo e quente contra o seu. Ela chorou tranquila, com tremores que eram como carinhos em suas costas. Dadaya tentou copiá-la, deixando as lágrimas fluírem pelo rosto até se perder na fronha do travesseiro. Só na manhã seguinte que as duas foram cuidar dos pormenores da morte, lendo as letrinhas miúdas dos costumes funerários e enchendo a casa com as coroas de flores que deu pra encomendar.

Tia Socorro vivia dizendo que não botava os pés no cemitério, que tanta morte grudada no solado dos sapatos atraía coisa ruim, sim, senhor. Era a única vez que seu espírito dócil se convertia em diabo teimoso, pisando o pé sem arregar. Não esteve lá para o enterro do pai nem da mãe afogada, nem de um irmão que morreu prematuro. Em vida, cumpriu sua promessa de que não entraria em cemitérios.

Em vida.

Dona Geísa abaixou o volume da TV, não estava no clima para notícias pesadas logo pela manhã, queria o humor docinho. Dadaya torceu a cara, fantasiando um futuro longínquo, onde a patroa seria encontrada anos depois de seu falecimento. Nada mais restaria da pele acostumada com bons produtos, só a catinga da podridão da morte infectando os trapos que restaram das roupas caras e os chumaços de cabelo ressecados no topo da cabeça. Sozinha, sozinha, talvez com um morangueiro crescendo e subindo, enroscando-se pelas pernas ossudas.

Dadaya abriu a tampa do processador, fez biquinho e cuspiu lá dentro, mexendo tudo com a ponta do dedo antes de passar para a taça apropriada. De um jeito ou de outro, queria que Dona Geísa provasse o amargor de uma vida vivida sem morangos.

Sexo dos anjos

Depois do enterro, na mesa da cozinha, Mãe Lourdes tentava estancar o luto com a embriaguez. Dadaya nunca tinha visto a avó bebendo antes, e agora a garrafa de cerveja vazia já tinha companhia de outra igual. Uma terceira ia pela mesma rota, tudo numa tentativa de irrigar a aridez da tristeza com algo menos ácido que lágrimas de saudade.

O rádio gritava na noite, mas nenhum vizinho reclamaria hoje. Dadaya enxugou o rosto lacrimoso com um movimento do antebraço. A avó cantarolava na sua voz engrolada: tenho medo que não sejas a flor do meu triste jardim. Mãe Lourdes usava um conjunto preto de camisa e saia, com padrão de flores monocromáticas que conseguiam ser tristes o suficiente para combinar com a ocasião. Apoiada na orelha, uma papoula branca colhida na volta do cemitério. Ela parecia seu próprio jardim de tristeza.

Escute aqui... Mãe Lourdes disse para a neta, enxergando seu núcleo mais íntimo com a vista enxertada de vermelho. Minha irmã nunca fez mal a ninguém nessa vida, nem a uma mosquinha! Era uma alma boa demais, sempre foi. Não era justo ela ficar nesse mundo imundo mesmo. Escuta, num dá pra gente perder tempo, que basta tá vivo pra morrer! Você tem que ficar atento, porque eu te vejo preso, se debatendo aí dentro, como se não quisesse sair. E ó, a gente já começa a morrer quando deixa de se impor! Num se perca não, pelo amor de Deus! Não se perca.

Mãe Lourdes puxou Dadaya para um abraço alcoólico, apertando-a contra si com força para falar em seu ouvido. Depois que tua mãe perdeu os bebês, Corrinha dizia que ela tinha virado mãe-de-anjo, isso nunca que saiu da minha cabeça. Você é um anjo também, um negócio que meu olho não entende, mas chei de luz. E tirou a papoula da orelha, aprumando-a no cabelo comprido de Dadaya. Eu preciso me deitar.

Dadaya levou a avó semiconsciente para a cama, deitando-a do jeito mais confortável que conseguiu, se certificando de que dormia pesado. Entregou-se ao choro assim que fechou a porta do quarto, mas se recuperou ligeiro, porque Léo já devia estar no portão à sua espera. Era jovem e apaixonada, dada aos riscos que a noite encobria. A aura da morte não obscureceu o ardor adolescente e Dadaya se sentiu acesa quando viu seu amor parado na entrada, pedindo que entrasse rápido antes que alguém o visse. Foram de fininho até seu quarto e logo estavam sentados lado a lado na cama.

Nem dá pra acreditar que dona Socorro morreu, ela era muito boazinha. Léo era um borrão arroxeado no escuro, porque Dadaya não queria ficar com a luz acesa. De certa forma, fundido na penumbra, o rapaz parecia estar em todo lugar, entrando nela à medida que respirava. A Mãe Lourdes tá acabada, não sei o que ela vai fazer agora e nem quanto tempo vamos continuar morando aqui. Dadaya usava sua voz mais macia e aguda, um tom que vinha treinando cada vez mais. Num queria ir embora não, Léo.

Da sala, tinham esquecido o rádio ligado, a vozinha musical, cheia de interferência, se intrometendo no silêncio entre os dois. Também num queria que você fosse embora. Agora com os olhos mais ajustados ao escuro, Dadaya acompanhou o momento em que Léo se atreveu a fazer um carinho em seu cabelo, tirando-lhe a flor e colocando-a de lado.

O corpo de Dadaya ficou eriçado, se lembrando dos toques que o percorreram nesses tão poucos anos de uso e chegou à conclusão que nenhum era como aquilo. Não tinha certeza, mas imaginava ser amor aquela película quente na ponta dos dedos de Léo, envolvendo os carinhos, os beijos e até o volume que preenchia seu short.

Se fosse um anjo e tivesse asas como Mãe Lourdes sugeriu, estaria voando para o Céu, tocando as nuvens geladas da noite.

Ferino

Se as obsessões ganhassem matéria, viriam em formato de gatinhos.

O gato Coração encontrou o local perfeito para seu descanso dentro do guarda-roupas com a porta quebrada. Não adiantava quantas vezes a dona o retirasse, o bichano teimava em retornar ao lugar escolhido, desafiando-a com a encarada de quem ainda resiste à domesticação.

Batendo os pelos das roupas, Dadaya não conseguia parar de pensar e se preocupar, tentando se distrair, mas nunca se vendo livre por tempo suficiente.

Quando chegou em casa, abriu a porta da quitinete e viu o marido ali no sofá, largado e com a atenção vagando pela sala minúscula, como se buscasse uma rota de fuga. As mãos ainda estavam sujas de graxa, o primeiro sinal de que tudo estava errado. Amorzinho? Ela falou e repetiu, chamando a atenção dele. Sua vista escura perigava se precipitar em choro. O que foi que houve, meu amor? Dadaya soltou a bolsa de lado e se acocorou, dando um beijo demorado na bochecha de Léo. Fui demitido hoje, minha vida, num sei como vamos fazer agora.

Só o que tinham à mão para o consolo eram os próprios corpos cheios de amor. Cederam sem peleja aos toques conhecidos, certeiros, apoiando-se nas ereções que urravam pelo dengo erótico das mãos, da boca e do cu. Queriam se proteger, construir um abrigo com a própria matéria, buscando refúgio atrás dos lábios que gozavam putaria afável, tecendo contos de mistério carnal. Na turbulência dos acontecimentos, Léo achava certo sentido na vida com o pau da amada na boca. Sentia-se peixe protegendo os alevinos, só os liberando de dentro de si quando estivessem fortes para o mundo.

Depois do jantar, Dadaya abriu uma mala surrada, herdada e re-herdada. Espanou os pelos de Coração das roupas como pôde, dobrou-as e guardou tudinho. Da caixa debaixo da cama, seu tesouro, resgatou a agenda com a flor mumificada e escondeu lá no fundo da bagagem. Passou os olhos pela carta amarelada pelo tempo, descansando quase intocada no fundo da caixa que logo retornou para seu lugar de sepultura.

Pensou na mãe, na imagem viva e fulgurante de seu rosto choroso, pintado de fios prateados de lágrimas secas marcando a pele escura. Era uma expressão cicatrizada de quem viu o amor levar porrada até virar desilusão e que agora se despedia da filha na rodoviária, observando-a diminuir junto com o ônibus que partia. Dadaya quis chorar de novo, mas se segurou, estrebuchando para desatar o nó de forca estrangulado na garganta.

O relacionamento dos pais era um enigma que a devorava. Só viu o amor juvenil dos dois nos pouquíssimos porta-retratos guardados pela família, os sorrisos e os olhos ainda leves dos fardos da vida pareciam ter se oxidado como as fotografias, se enchendo de manchas avermelhadas. A realidade era que Dadaya não sabia se já tinham se amado, mas que o baque da separação forçada atingiu sua mãe em cheio, atingiu.

Dadaya fechou o zíper da mala de uma vez, enxergando com o canto do olho a movimentação suspeita de Coração que voltava a tentar entrar no armário pela porta capenga. A carta guardada da mãe também era algo que ela não conseguia escorraçar, pensava nela pelo menos uma vez por dia. Aquela era sua obsessão e maior culpa.

Estava voltando.

Queria fugir até do seu dna

Aos quinze anos, o pai de Dadaya a arrastou para um barzinho na rua principal do interior onde moravam, tentando iniciá-la nos costumes masculinos passados de geração em geração como uma condição genética inevitável. Lembrava de se sentir acuada com os homens mamados, rindo alto, gritando para a pequena TV pendurada num suporte de ferro na parede. Eram como animais que fugiram das jaulas, finalmente num cantinho onde pudessem esticar os músculos, exibindo sua ferocidade alcoólica para os membros recém-integrados ao bando.

O futebol instigava os bêbados e a loira gostosa no comercial de cerveja lhes lembrava dos horizontes limitados de seus paus adestrados dentro das cuecas, da constante solidão irrevogável de seu papel de dominação. Dadaya sabia muito bem o peso de manter a pose de macho, uma missão que se resumia numa série de performances que a humilhavam. Não sabia andar direito sem requebrar, os ossos eram leves e as mãos moles balançavam na conversa. Era difícil se esconder dentro de si.

Espiando de rabo de olho para a movimentação descontraída do pai, Dadaya percebeu que o via pela primeira vez longe da mãe. Era uma perspectiva assustadora, porque não sabia o que esperar dele, que até então dava tapinhas nos ombros dos amigos, compelindo-a a cumprimentá-los também com apertos de mão firmes que machucavam.

Sentaram-se numa mesa compartilhada e Dadaya se afastou do grude do tampo de ferro sujo, tentando não só se manter distante, mas transparente. Os homens foram à loucura com um gol, pulando e sacudindo-a até que fosse forçada a se desvencilhar, sorrindo amarelo. O pai não parava de beber, as bochechas vermelhas e os olhos reluzentes, a fala se ajustando à língua adormecida. Forçaram Dadaya a virar um copo de cerveja e gargalharam de sua careta, de sua tontura instantânea e de sua estranheza com aqueles costumes bárbaros, cheios de sadismo. Entre uma conversa bamba e outra, ele começou a falar sobre Stella.

Dadaya nunca tinha ouvido esse nome antes, mas a forma como a palavra saía da boca dele era como um verso de poesia, um segredo profundo que estava confiando ao mundo. Vocês lembram dela? Num tinha mulher mais bonita que aquela não! O pai disse, tomando outro gole. Os amigos o acompanhavam no sonho, talvez se lembrando de Stella, parecendo tão enfeitiçados pela memória que até a excluída se contaminava com o encanto.

Minha mãe dizia que a dona Stella era coisa ruim, um puteiro de uma mulher só, que num era pra eu passar de frente pra casa dela de jeito nenhum! Todos riram. Foi ela quem tirou meu cabaço e depois disso fiquei louco pelaquela mulher! Estava lá com ela sempre que dava, e sempre que a gente fodia parecia que ia morrer. O pai soltou um estalo com a língua. Num gosto nem de lembrar de quando ela foi embora. Fiquei mofino, queria comer nada, viver era uma bosta. É o que uma boa surra de boceta faz contigo, te deixa doido! Sabiam que de noite, eu cheguei a pular o muro da casa dela, nem lembro o que queria mesmo. Coisa de menino. Tava tudo trancado. Lá atrás, no quintal, tinha um pedaço de terra mexida e uma pá jogada de lado. Não sei por que, mas comecei a cavar até achar uma caixa. Dentro tinha um sapato vermelho de salto e um bilhete. Lembro até hoje o que tinha escrito: Eu vou te achar no lugar combinado, amo você. Queria pensar que ela tinha deixado aquilo pra mim, mas não sabia onde era o tal "lugar combinado".

O copo estava vazio.

Quando o céu estava escuro, foi puxada pelo braço, porque já era hora de ir. Os dois desceram a rua mantendo certa distância, vez ou outra encurtada quando Dadaya amparava um passo vacilante de seu pai. Não preciso de ajuda! E ele a enxotava para longe, balançando a cabeça. Você parece que não quer virar homem, fica fazendo careta pra bebida, não arranja uma namorada e ainda passa o dia na barra da saia da tua mãe, porra! Eu não criei filho assim! O homem falava alto demais, atraindo um ou outro olhar na rua quase vazia. Dadaya sentia as bochechas quentes de vergonha, a boca parecendo grudada com cola.

Não conseguia tirar a imagem de dona Stella da cabeça, aquela mulher que conseguiu deixar seu pai louco de um jeito que a mãe parecia desconhecer. Na barriga as tripas pareciam agitadas, talvez fosse por conta da cerveja, mas Dadaya desconfiava que fosse outra coisa a lhe rebulir. Quando chegaram em casa, os pais entraram numa briga cansativa, nem um nem outro com fúria ou amor suficiente para trocar farpas por muito tempo. Foi de fininho até o quarto, deitou na cama, tentando dormir para sonhar com aquela mulher fugitiva, no sapato vermelho e no bilhete enterrado no quintal. Será que ela tinha encontrado seu amor e fugido juntos? E se o pai atrapalhou seus planos e ela, tragicamente, se matou de desgosto quando o amado não apareceu?

Naquela noite, Dadaya se perguntou se seria possível, mesmo que por milagre, crescer e ficar mágica como Stella. Ser capaz de arrancar suspiros dos homens tantos anos depois do seu paradeiro desconhecido, ainda brincando com seus sentimentos a ponto de fazê-los mansos, mesmo no refúgio do bar! O pagamento podia ser qualquer um, até ser odiada pelas mães-de-família e se tornar um puteiro-de-uma-mulher-só.

Achava era barato.

Poramor

Sozinha no ônibus de viagem, assistindo ao restante dos passageiros terminar o embarque, Dadaya estava com a cara dormente e inchada de tanto chorar. As malas menores eram estocadas de um jeito truculento acima dos assentos, forçadas até caber. O resultado eram pessoas cansadas, derretidas nos lugares pagos com esforço e cédulas puídas. Podia estar nublada pelo pessimismo, mas Dadaya só conseguia sentir o cheiro rançoso de desesperança no confinamento do transporte.

 Estava voltando para o interior pra ver a mãe e a avó com o coração tão pesado que temia que o ônibus sequer conseguisse sair do lugar. Na estrada escurecida pela noite, só pensava em Marlene e em tudo o que aconteceu nas semanas que se passaram. Na última visita, percebeu que ela estava mudada, parecendo mais velha. A desilusão e a crueldade se pregavam à vista como remela, lembrando que a vida a tinha capturado nas mandíbulas esgalamidas e só o que restava à mulher era descontar suas frustrações nas pessoas ao redor. Só de reviver o momento, Dadaya queria trucidar a prima de Léo, urrar até virar bicho ao invés de gente.

 Marlene a recebeu como uma porta trancada, o novo macho do lado: um cabra alto, de olhar escondido que Dadaya não gostou nem um pouco. Ainda bem que Léo tinha ido junto, só assim para se sentir segura, minimamente pronta para a conversa impossível que teriam.

Quando chegou ao interior, o ônibus parou ao lado de uma poça d'água escura, o céu acordando com uma claridade cinzenta. Dadaya despertou de um sono sem queto, arrastada pela correnteza dos acontecimentos turbulentos que a revolviam de dentro para fora. Saltou da cabine para a calçada da rodoviária, bagagem nas mãos, ofuscada, meio que lutando para estabelecer um prumo. As nuvens pesadas anunciavam que logo ia chover e choveu bem quando seguia de táxi o caminho para a casa da mãe.

Nada tinha mudado, nem a mulher esperando no gradeado do portão enferrujado, se ensopando. Dadaya desceu e fechou a porta do táxi no aperreio, agarrada com a mala pesada enquanto se equilibrava e desviava da lama que vinha serpenteando pela rua de barro. Ao vê-la agarrada nas barras de ferro, passou por sua cabeça que a mãe, tão vermelha de sol quanto a ferrugem, estava à sua espera desde o dia em que partiu às pressas para a capital.

Entraram na casa juntas, ambas molhadas da chuva que encobria os rastros das lágrima. Em sincronia, o peito subia e descia, sem fôlego, logo antes de se abraçarem com força. A sombrinha abandonada no canto da sala pela euforia do momento estava seca. Mãe Lourdes olhava a cena, meio presente, meio alheia, como quem lembra que guarda-chuva aberto dentro de casa atrai coisa ruim.

A vida foi se desenrolando nas conversas apressadas, típicas de quem precisa correr para botar tudo em dia e matar um pouco da saudade. Mãe Lourdes era uma capela plácida, sentada no sofá de olho na TV, desviando de vez em quando para mostrar um sorriso que passeava para longe, se perdendo na esquina do mistério. Dadaya sorria de volta, às vezes segurava a mão preta, ossuda e pintada de sinais da idade. Eu senti muita falta da senhora, Mãe Lourdes. E ela lhe lançou um olhar leitoso, respondendo que o cachorro logo ia chegar pra comer.

O cachorro, aliás, morreu no último ano. Mamãe disse que foi de velhice, decidida que não ia criar mais nada não!

Eu chorei, chorei foi muito. Teu pai era doido por aquele cachorro. Dadaya afogou o gosto ruim que tomou sua boca com um gole de café e perguntou, escondida atrás da xícara, se a mãe ainda sentia falta do marido. A outra esticou a coluna, os músculos se tensionando como cordas apertando os nós. Num é bem saudade, não. Às vezes é só uma obrigação de saber o que aconteceu. Só saber. E agora era ela quem se escondia, talvez temendo se revelar demais.

Eu já contei de como seu pai e eu nos conhecemos? Um sorriso acendeu feito uma centelha no rosto da mãe, e Dadaya teve pena de apagar. Então fez que "não" com a cabeça, pronta para ouvir a história de novo. Teu pai me conheceu num Carnaval, eu tava toda arrumada indo pra festa na rua e ele passou bem do meu lado, dirigindo uma lata-velha que tinha na época e ofereceu carona. Me chamou de "gatinha". Eu ri e mandei o safado se mandar, tu acredita? E ele ficou no meu pé, na festa, a noite todinha. Aí o Carnaval foi morrendo, e eu menina danada aproveitando até onde tinha perna. Teu pai lá, sempre nos canto, me olhando de longe, mas doidim pra se achegar.

Dadaya viu um raio de juventude obliterar os sulcos entalhados no rosto maduro da mãe. Teve uma vez, a gente se encontrou num barzinho, e seu pai tentou me beijar. Eu num queria, era apaixonada por outro naquele tempo. Ele ficou danado! Quebrou um copo de vidro num punho apertado de tanta raiva. Uns dias depois, recebo uma carta. Uma carta do teu pai. E ele escrevia tão bonito que fiquei magoada de não corresponder daquele jeito e decidi que queria, mesmo sem sentir. Quis tanto estar apaixonada por aquele homem que o amor veio, e veio com força. Uma loucura bonita e triste ao mesmo tempo.

A carta guardada na mala voltou a assombrar Dadaya. Aquela nunca entregue, o espinho em sua carne. Mas me diz, quando que o Léo foi preso? A pergunta da mãe fez jorrar certa luz nos pensamentos obscuros, que fugiram em busca de refúgio como vampiros. Três dias, mãe. Uma defensora pública está cuidando de tudo, me disse que logo conseguiam soltar ele, porque ninguém tem porra de prova nenhuma. Depende do sistema.

Dadaya colou a atenção no fundo seco da xícara, com medo de que a mãe perguntasse alguma coisa sobre Érica, porque a mulher a olhava como quem esmiuçava os miolos alheios atrás de informações, mas permaneceu em silêncio.

Tem muita coisa que a gente faz por amor, mãezinha. À espreita, os olhares se cruzaram, talvez aceitando passivamente as minúcias desesperadas do coração de quem tem um filho para proteger.

Caçada

Aranoa escorria pelo corpo de Dadaya como se fosse feita d'água, deixando um rastro brilhoso de suor nas curvas de encaixe perfeito. Parecia que ia se desfazer, estourar feito panela de pressão de tanto prazer acumulado, expelido em gemidos arfantes para protegê-la da destruição.

Enquanto descansavam, observavam uma à outra. A luz do sol de domingo transpunha a janela aberta, revelando-as por inteiro, incluindo os hematomas esverdeados nos braços de Aranoa. Sabia que quando eu era criança eu brincava de morrer? Ela apoiou o rosto no ombro de Dadaya e esfregou a bochecha com carinho. Dadaya perguntou como é que alguém brincava de morrer, soprando um risinho no final. De noite, jogava um lençol por cima de mim e ficava estirada na rede, bem assim, os braço e perna reto. Olhava dura pra cima, respirava só um pouquinho pro peito nem subir, queria ser o mais morta possível. Explicou. Tinha hora que eu já enxergava sonho de olho aberto, e só aí que eu dormia em paz.

Todo mundo lá em casa diz que eu sou feia... Falam tanto que nem ligo mais. Acostumei. Antes a coisa era braba, porque eu chorava muito pensando na minha feiura. Só queria morrer, e mesmo assim me preocupava se eu ia ser uma defunta bonita. Se é que tem como ser uma defunta-bonita. Ai! Dadaya pensou no assunto por um momento, respondendo: Eu acho que, pra ser um morto bonito, vai depender de como se deu o despacho, né não?

O final da conversa parecia prometer o começo de outra foda. No rebuliço sensual de explorar-se, as duas se cansaram e dispensaram os lençóis por conta do calor, arrebatadas num sono pesado, quase de finado propriamente dito.

Dadaya sonhou que corria, subindo e descendo por uma escada que não tinha final, perseguindo Érica. Degrau-degrau--degrau-sem-parar. Ao acordar, preferia nem ter dormido de tão cansada que ficou. Aranoa ainda ressonava baixinho, o rosto quase soterrado pelos cachos espessos, quando despertou. Tá na hora de levantar, carinho, já tá é escuro! O Léo chega daqui a pouquinho, vou ver alguma coisa pra todo mundo comer. Dadaya olhou a hora, depois diretamente para as manchas violentas nos braços delgados e arrepiados da outra. Cê vai me contar o que foi isso? O olhar ensonado dela tentou escapar, as pestanas batendo feito asa de borboleta, aflito pela quebra daquele feitiço letárgico pós-transa.

Tudo que é coisa na vida a gente se acostuma. Aranoa falou quando pousou em si. Me acostumei a ser feia, a querer morrer e também, por que não? A amar quem me batia. Dadaya ouviu em silêncio, aprendendo a conhecer aquela nova criatura desnuda em sua cama, completamente apartada da mulher que tomou nos braços pouco antes. O amor se desnutre, míngua e morre, mas o costume é quase invencível, só cede pro medo de morrer. Às vezes nem assim. Aranoa fugiu, veio trabalhar na capital, longe de tudo, mas não o suficiente.

Semana passada ele descobriu onde eu tava trabalhando, veio pedir um dinheiro pra se manter por um tempo. Continuou. Eu disse que não queria mais nada com ele, que não ia dar dinheiro nenhum... Mas acabei dando, só pra ficar em paz.

Encantada

A mãe da mãe da mãe de Dadaya foi batizada tardiamente de Maria em homenagem a Nossa Senhora e, depois que o casamento a envelheceu e alvejou os cabelos escorridos, passou a ser conjurada por Dona Mariinha por quem tinha intimidade e de Dona Maria por quem prestava respeito distante a ela e à santa.

Falecido o marido e já criados os filhos, findou-se a maldição de cerco ou enclausuro de dona Mariinha, que esperou pela primeira noite de lua cheia para se embrenhar nos matos, porque existem coisas que só a luz lunar pode clarear. Pulou cercas de arame farpado, evitando as estradinhas de terra e arrepiando-se com o vento frio e seco que puxava a saia da camisola branca. Não ligou para os espinhos dos galhos retorcidos, nem para os pés descalços que ainda lembravam como desbravar o matagal de puro breu.

Andou e andou como se nunca tivesse sido outra coisa além de solta.

Certeira como uma flecha, Dona Mariinha apontou para um braço de rio, ouvindo o chiado úmido nas pedras até estar com os pés imersos no raso. A lua era deidade se banhando na água, chamando a mulher para um mergulho fundo. Fala-se que apareceu um peixe de tamanho absurdo, emergindo do rio com o cansaço de quem veio do mar reluzindo nas escamas tropicais. Dona Mariinha esticou uma mão e sentiu os carinhos do bigode do peixe, trazendo-a mais para perto até que estivesse trepada em seu dorso, segurando nas barbatanas para não se perder pelas estradas debaixo d'água.

    O corpo dela foi se revelar no dia seguinte, já de tardinha, preso nas raízes da margem de um mangue. A família chorou a morte de Dona Mariinha debaixo de um céu amarelo-queimado, que aspergia beleza nas conchas e corais enrolados nos cabelos brancos e em seu sorriso eternizado no rosto de liberdade.

Ele a via como um abate

Dadaya, aos dezoito anos, deu fé do que era estar realmente feliz quando passou a madrugada de seu aniversário nos braços de Léo, escondidos em seu quarto até a hora zerar e a maioridade se instalar em seu corpo cada vez mais amaciado e feminino. Eu tenho que voltar. Disse para o namorado enquanto procurava as roupas na semiescuridão. Ele segurou sua mão e a tomou na cama de novo. Não quero que tu vá não. E riu gostoso, irresistível.

Não se lembrava de já ter sido inocente na vida, decerto um nível de astúcia e malandragem é necessário para garantir a sobrevivência de mulheres como Dadaya, mas não havia nada mais puro do que o sentimento compartilhado com Léo. Era um tipo de amor instigado com cio adolescente, descobertas noite adentro e planos mirabolantes-impossíveis. Um gosto muito mais doce em sua boca, tão nova, já acostumada aos paladares azedos e furtivos de suas experiências sexuais e românticas.

A alegria é um escarro saído pelas ventas da vida, passa zunindo e se perde no chão. Dadaya foi lembrada disso quando os pais vieram checar em que pé estava a venda da casa de tia Socorro e também se Mãe Lourdes precisava de alguma assistência extra. O carro parou do outro lado da rua quente, o motor barulhento soltando fumaça ruidosamente, os sons do descontentamento. Foi bom rever a mãe, que desceu apressada e envolveu-as com abraços e beijos, pousando os olhos mornos de ternura na filha, tão mudada. E esse cabelo comprido?! Foi a primeira coisa que o pai lhe disse quando se aproximou, as sobrancelhas juntas e um olhar de cólera cerrado para escapar do sol forte da manhã. Vai pegar as coisas no carro. Mandou com um movimento da mão e Dadaya se apressou para obedecer.

Depois do almoço, Mãe Lourdes veio com um bolo caseiro com dezoito velinhas contadas e cantaram os parabéns. Chamaram Léo e sua mãe, e foi um tormento para Dadaya não olhá-lo demais. Loucos, escaparam por um minutinho para se encontrar no banheiro do quintal, enquanto os adultos bebiam. Ali, Dadaya aproveitou-se dos melhores presentes que Léo podia lhe dar, esgarçando o tempo para torná-lo foló, até servir nas ereções de seu desejo. Saíram com risadinhas, retornando à festa sem serem notados, mantendo uma distância segura. Na sala, sacudidos pela música alta, Dadaya ouvia o pai falar de um sonho horroroso, um pesadelo com o Diabo em carne e osso. Ele aparecia no pé da cama, vermelho, chifrudo e rindo! Disse enquanto se benzia. Aí eu comecei a sufocar e vi que o coiso enfiava o rabo pontudo pela minha boca, descendo até a goela. Nunca senti tanto medo de um pesadelo antes.

No fim da festa, Dadaya estava sentada no sofá, assistindo à novela na pequena TV da sala. Léo já tinha ido embora, a mãe se recolhido no quarto e Mãe Lourdes roncava na cadeira de balanço. Já o pai era uma não presença calada no portão da casa, bêbado e lento, com o olhar trocando os pés pela rua. Algo naquela calmaria disparava um mecanismo de alerta em Dadaya, como que para deixá-la prontificada de que devia correr como uma gazela caso algo desse errado. Quando o pai a chamou, não agiu como bicho que luta pela vida, mas como gado caminhando em linha para o abate.

A gente vai sair. O pai mexeu no bolso da bermuda jeans e tirou a chave do carro, não parecendo nem um pouco alerta para dirigir. Fecha a casa, tô esperando lá fora e te meto a porrada se falar alguma coisa pra tua mãe. Estamos indo comprar cerveja. Entendeu? O fio cortante daquela encarada a fez responder que sim com a cabeça, o coração aos pulos dentro do peito, quase do mesmo jeito que seu corpo sacolejava quando se enfiaram no tráfego da noite. Rodaram por bairros esburacados que Dadaya não conhecia, afogados pelas ondas do rádio alto, vibrando e oscilando nas caixas de som velhas.

Estacionaram numa rua estreita e residencial, só um barzinho funcionando na esquina, despejando certa graça decadente na vizinhança quieta. Não saíram do carro logo de primeira, esperaram diante de uma casa pequena que chamou a atenção de Dadaya. Apesar do muro gradeado expondo a fachada, dava para ver que as janelas e porta pintadas de vermelho-pecado guardavam seus segredos para si, intransponíveis e discretas.

Limpo seco e sacudido: era uma casa de putas. Outra das paróquias onde homens como o pai de Dadaya iam confessar os segredos, exercer a libertinagem que achavam incompatíveis com a cama das esposas. A gente vai entrar, e vou pagar uma mulher pra te fazer gostar de ser homem, entendeu? E ali foi desnudo o plano maligno, aquela espécie sorrateira de estupro terceirizado de seu corpo. Dadaya congelou, sentiu o frio extrapolando o caminho das veias, vazando o sangue ártico como lama pegajosa. Estava lotada, sem espaço dentro de si mesma.

Não lembrou de descer do carro, nem do caminho até o portão do puteiro, nem de quando entrou. Sentiu-se flutuando contra sua vontade, os pés mal tocando o chão. Abriu os olhos de verdade quando estava lá dentro, na pequena sala escura, acuada e desabrigada ao lado do pai. Uma mulher silenciou o programa ao qual assistia, estalando a língua com desgosto e os encontrou na entrada. Dadaya não enxergava nada direito, perdida no pânico que a esganava. Não percebeu o cansaço repuxando as rugas da atendente do bordel ou o cheiro forte do perfume de seu corpo cuidadosamente exposto nas roupas curtas. Ela sabia arrumar sua vitrine.

O que vai ser hoje? Ela perguntou com hálito de cigarro mentolado, dando uma analisada mais cuidadosa nos dois à sua frente. Quero uma menina boa pra tirar o cabaço desse aqui, acabou de fazer dezoito anos. E o pai soltou o peso da mão hostil no ombro magro de Dadaya. Tá certo, o senhor fique aqui embaixo, eu sei quem pode pegar o menino aqui.

Subiram em silêncio, sempre em silêncio, como duas freiras em peregrinação, até o segundo andar. Era ali onde o negócio funcionava. Dadaya ficou no meio do corredor de portas fechadas, a mulher bateu em um dos quartos com delicadeza, esperando até a porta se abrir e revelar uma prostituta jovem, mas já gasta pela vida noturna. Tu pode pegar esse aqui? O pai está lá embaixo, esperando. E as duas desviaram um olhar para Dadaya, depois para si mesmas, como se entendessem um procedimento-padrão que escapou à sua percepção nervosa.

O nome da prostituta que levou Dadaya para dentro de seu pequeno local de trabalho era Camilla com dois Ls; uma figura miúda de seios afrontosos, corpo inchado de corticóides, coberto por um short curto e uma blusinha de lantejoulas prateadas como escamas de peixe. A cama *queen size* tomava quase todo o espaço do cômodo azul, competindo com o guarda-roupa capenga e o cesto de lixo no cantinho. Um copo d'água na mesinha absorvia a luz do abajur, que lançava reflexos aquáticos pelas paredes. Camilla indicou um canto da cama onde Dadaya pudesse sentar, pousando bem ao seu lado com sua beleza-puída amaciada pela pouca luz.

Ambas sabiam por que estavam ali, abrigando um átrio daquele mercado dos prazeres, e a transação podia ter sido feita rapidamente, mecânica, um subir de dois em dois degraus até o Paraíso. Mas Camilla via o medo cristalizado no olhar de Dadaya como quem olha para uma irmã menor, enxergando nela a criaturinha molestada pelas exigências do próprio pai. Não precisamos fazer nada se você não quiser. Disse com uma voz baixa e exausta. Teu pai vai fazer umas perguntas e eu posso te ensinar o que responder, tudo bem?

Dadaya não queria, mas começou a chorar, logo acalentada no abraço cheiroso e acetinado de Camilla. No quartinho azul da prostituta, sentindo o gosto salgado das próprias lágrimas, pensou que as duas podiam ser peixinhos prateados aprisionados num aquário. A promessa de um dia alcançar oceanos mais profundos, esticar as nadadeiras, pairava como os reflexos nas paredes.

Estava tudo quase acabado

O apartamento de dona Geísa estava reluzente com pisca-piscas, adereços cobertos de *glitter* e um pinheiro de Natal frondoso, pesado de bugigangas vermelhas, verdes e douradas. Os meninos estavam em êxtase, deslumbrados com os presentes iminentes, as luzinhas... umas pestes barulhentas. Dadaya trabalhava com uma cartela de Dorflex no bolso da bermuda, só assim para se aliviar das pontadas na cabeça que pulsavam em seus olhos.

Dadaya era uma sombra naquele inferno festivo, uma praga infectando a seara granfina de sorrisos como girassóis. Estava mais calada que nunca, fazendo o serviço de má vontade, mas primando pela qualidade excessiva, quase neurótica. Limpava e limpava, evitando se colocar muito tempo no caminho dos moradores que planejavam os festivais de fim de ano, mas lhe negavam uma folga para exercer os seus próprios rituais. Não tem como você me deixar na mão, Dayara! Vai ter uma festa aqui e vou precisar de você! Geísa falou cheia de falsa súplica entre uma ligação e outra. Convidou a mãe, as irmãs e os amigos mais chegados. Uma ou outra prima também. Seu Edmilson se mantinha longe, deixando soltas no mundo as vontades da esposa, um mal que seus cofres pessoais teriam que lidar logo, logo. E que se exploda! Dadaya pensou.

Enquanto despejava um tsunami de água sanitária no banheiro de visitas, Dadaya fantasiou que o líquido era gasolina e alagava o apartamento inteiro. Imaginava-se de pé, bem na porta da cozinha, destinada às empregadas, com um fósforo aceso na mão. O palito preso na pinça de unhas pintadas com sua chama endiabrada louca para devorar tudo: os pisca-piscas, os presentes embrulhados com papéis metalizados, o pinheiro enfeitado, os móveis, o apartamento e o Natal inteiro.

Como arrancar um curativo

O dia em que Dadaya foi ao encontro de Marlene nasceu gritando, rasgando a própria garganta e inflando os pulmões como um recém-nascido descontente com a obrigatoriedade do parto. Um hoje urgente, feito de pura zuada e caos. Tinha o fedor da mercearia que ficava no andar de baixo da casa: uma mistura pegajosa de hortaliças podres e pinga.

Marlene era uma mulher pequena e perigosa, um escorpião amarelo com as pinças e o rabo pra cima, ferrão à mostra, pronta para o ataque. Dava para ver que não gostava de Dadaya, nem de toda gente-travesti, e que passou também a odiar o primo capaz de amar tamanha atrocidade terrena. Na sua cara, tinha costurado aquela expressão de enjoo disfarçado, uma máscara que mais revela do que esconde. Dadaya já estava acostumada com aquele olhar. Quase não se importava mais... Era o namorado de Marlene o real incômodo.

Se ela se portava como um bichinho brabo e peçonhento, o companheiro alto era alguém capaz de esmagá-la com um pisão. Dadaya se sentia cara a cara com um bêbado raivoso, armado de faca, numa distância arriscadíssima e infelizmente necessária para a conversa impossível que teriam. Discretamente, buscava a mão de Léo e a apertava entre seus dedos, se consolando.

Apesar das lágrimas inflamando o olhar de Marlene, das bochechas cada vez mais vermelhas, a mulher não falou uma palavra enquanto o namorado precificava sua filha. Ele seguia com uma voz mansa, como quem fala de algo corriqueiro, uma negociação feita na mercearia. A menina era ótima, ele dizia, mas estava crescendo muito solta, nas casas de uns e de outros, e logo se mudariam. Não tinha como prever o futuro dela, e qualquer coisa, ele frisou o "qualquer coisa", era melhor pra cuidar dela do que o estado de abandono que a criança ia enfrentar no interior. Muita, muita droga. Menininhas que entram nos carros dos gringos para dar uma volta. Esse tipo de coisa, sabe como é... Coçou uma sobrancelha e abriu um sorriso que fez Dadaya se arrepiar. Aquele não era um bom sujeito, não queria de jeito nenhum que sua filha crescesse com um tipo daqueles.

Já conversamos sobre isso, não é, gatinha? Marlene estremeceu, mas sua boca não. Vamos precisar de umas ajuda com a mudança, coisa pouca. Vocês parecem que tão bem de vida... Quanto podiam ajudar? Uns cinco mil conto?

E ali estava: o jogo perigoso disposto na mesa, cartas viradas para cima sem necessidade de blefe. Foi um alívio para Dadaya, na verdade. Inclusive, conversou sobre isso com Aranoa enquanto fumavam no estacionamento, na hora do intervalo do serviço. Mas você vai pagar, Dadaya? E não era como se ela tivesse escolha. Os termos do contrato eram claros, embora sem garantia. Dadaya soprou uma baforada para o alto, fechada em si mesma, pensante. E se eles pegarem a menina de volta? Se pedirem mais dinheiro?

Já tinha feito todas essas perguntas, respondendo da mesma forma que disse para si. Eu tenho um plano, Aranoa. Já estou cansada do povo se aproveitando de mim. Cansada. Vou dar um jeito em tudo e vai ser é logo.

Visagem

Mãe Lourdes faleceu no fundo de uma rede, madrugada avançada, seguindo uma tradição familiar de sossegar da vida durante o sono.

Nos últimos dias, tinha estado mais conversadeira, botando os assuntos de sua mente nebulosa em dia numa tentativa de não enterrá-los consigo. Dadaya gostava das conversas com a avó, puxando aqueles fios de memórias emaranhadas pela velhice e o Alzheimer. Não sabia se tudo que ouvia era verdade, mas decidiu acreditar que sim, porque era delicioso o sabor de saudade daqueles dias que passaram, dos amores que escorreram como água pelos dedos quase paralisados daquela mulher que podia ser tão velha e furiosa quanto Deus.

Mãe Lourdes falou de seu amor perdido, contou que tinha se apaixonado enquanto cuidava da irmã. Na época, Dadaya não percebeu, embriagada pela sua própria aventura romântica. Ele era bonito e eu, braba, foi amor à primeira vista. Dizia. A gente se amou feito jovem, mas se feriu como véio ressentido. Um dia, disse que já não aguentava mais os descaso dele, que eu podia ser magra, velha e feia, mas que tinha sentimento também. Mãe Lourdes encontrou uma paixão que ela quis desnudar, mas aconteceu o contrário, porque foi ela quem terminou nua em pelo, à mercê dos caprichos de um amor tão efêmero quanto intenso. A lembrança intacta lhe rendeu uma lágrima só.

Na sala assombrada pelo luto e pela pouca luz da manhã, Dadaya e a mãe se abraçavam no sofá, tão imóveis que podiam ser feitas de basalto, queimando de tristeza por dentro. As lágrimas escapuliram ferventes, abundantes no caminho do rosto até o colo. Queimaram as camisolas, reduzindo todo o tecido a cinzas. Filha e filha choraram um desespero desnudo, expondo-se ao silêncio do fim.

O silêncio mais absoluto que existe.

No final do enterro, a mãe foi direto para a cama, mas Dadaya ficou de olhos esbugalhados, cansada, sem conseguir dormir. Pensou em Léo e no que devia estar fazendo na cadeia. A cara dele estava machucada na última visita e os processos judiciais estavam demorando muito. Vai ficar tudo bem, minha vida. Ele lhe disse com um sorriso restrito pelo inchaço feio no canto da boca. Pensou em Aranoa, em Érica e em Juçara, e Dadaya chorou até dizer chega, sedenta por água, tanta, tanta que queria mergulhar no fundo até se perder do mundo da superfície.

Antes de finalmente ceder à exaustão dos pensamentos, Dadaya olhou pela janela aberta da sala. Iluminando a rua escura, Mãe Lourdes caminhava para longe de mãos dadas com sua madrinha-encantada, ambas feitas de luar.

Irresistível ou na boca da fera

As travessas com aperitivos estavam postas suntuosamente na mesa da sala, as garrafas de champanhe na geladeira e o jantar dos convidados só esperando o momento de ser retirado do forno e servido. Do seu lugar reservado na cozinha, Dadaya vigiava a movimentação dos patrões momentos antes da festa de Natal.

As rugas na cara de seu Edmilson estavam mais fundas, fincando expressões de abuso que visivelmente perturbavam dona Geísa. A mulher estava tensa, enrolada em si mesma feito cobra pronta pro bote, a língua provando o ar para interpretar o clima coagulado do ambiente. Ela não percebia, mas Dadaya sim, que a insatisfação do patrão era por se sentir baixinho ao lado da esposa, que usava sapatos que lhe cresciam um palmo inteiro a mais que ele. Só vendo pra crer que um homem tão acostumado a andar de cabeça baixa fosse ligar para algo assim! Mas uma coisa era se arrastar na sombra das vontades da mulher naquela jaula-apartamento, no secreto do matrimônio. Outra, completamente diferente, era deixar que os alheios vissem Geísa jogando areia em sua masculinidade capenga, enterrando-a como uma gata se livrando de sua sujeira.

Dadaya teve vontade de rir, mas estava com tanta raiva, que a boca não se movia, costurada naquele arco negativo. Por sorte, não precisava esconder seu descontentamento, porque ninguém a olhava por muito tempo. A vista dos convidados que chegavam não era treinada para enxergar seu rosto maquiado, os cabelos penteados para trás e nem a roupa muito bem engomada, selecionada para a ocasião. Estava camuflada por sua condição de doméstica-negra, batida e misturada na penumbra dos cômodos que limpava todo santo dia, imperceptível naquele cenário armado onde os visitantes desatentos desfilavam de um lado para o outro.

Seu Edmilson, incumbido das bebidas, isto é, de levá-las à mesa e não de beber tudo em que botasse as mãos, encontrava na embriaguez uma forma de se esquecer da mulher e puni-la ao mesmo tempo. Foi numa de suas peregrinações até a geladeira que Dadaya decidiu agir. Seu Edmilson, já deu minha hora de ir. Dona Geísa disse que eu podia levar umas roupa usada junto com a cesta básica que vocês me deram de Natal. Ele abriu um sorriso abestado, suas bochechas reluzindo um rosa-ébrio que combinava com os passos mais soltos, quase rebolante das cadeiras. Pois feliz Natal! Tu vai conseguir descer com tudo isso sozinha?! Dadaya olhou para a bagagem que tinha deixado estrategicamente ao lado da porta de serviço, fazendo que "não" com a cabeça. Pois eu lhe ajudo. Seu Edmilson respondeu como quem tinha encontrado a felicidade por ter uma obrigação a cumprir, satisfeito em tomar uma decisão por conta própria. Meu marido tá me esperando lá embaixo. Fez-se de muito agradecida enquanto desciam no elevador e atravessavam o saguão do prédio até o portão.

Léo aguardava do outro lado da pista, fumando um cigarro, com a luz da rua dispersando-se em seu rosto por detrás da fumaça. Tudo perfeito, como tinha planejado. Para Dadaya, seu Edmilson não passava de uma presa incompetente, prestes a ser arrebatada sem nem perceber. Ela podia sentir os dentes afiados feito faca tilintando dentro da boca, ávidos para a ação do movimento contínuo de despedaçar, mastigar e engolir.

Como um vagalume, o cigarro aceso de Léo rodopiou no ar e se perdeu no chão. Seu Edmilson mostrou-se atento, acompanhando os movimentos das pernas e dos braços do homem descendo da moto e caminhando em sua direção. Era tudo o que Dadaya queria, que nada, nem mesmo o sussurro do roçar das roupas do marido passasse despercebido. Boa noite, os dois disseram quase ao mesmo tempo. Obrigado pela mãozinha. Precisando, o senhor pode chamar. Léo aprumou a cesta básica entre o braço e o músculo do pescoço. Sua mão livre se ergueu à espera do aperto tímido e embriagado do patrão de Dadaya.

Seu Edmilson era como um peixinho encantado pelo anzol, uma criaturinha desacostumada com a catinga de sangue que empestava a pele áspera de tubarão de Dadaya.

Encalhe

Dadaya se agarrava com o sono, engajada com ele numa peleja feia, apertando os músculos para fazê-lo ficar e se instalar em seu esqueleto cansado.

    Apesar dos esforços, estava ali, estirada e insone em seu antigo quarto na casa da mãe, cada dia mais silenciosa depois do falecimento de Mãe Lourdes. Dadaya viu a tristeza envolver a cara dela como um véu escuro, deixando um vislumbre do rosto pegajoso de lágrimas. Os efeitos do luto também a afligiam. Tinha os olhos vermelhos e estava mais magra, com os ossos da bacia cutucando a pele esticada do ventre. Seus cabelos passavam do peito, crescendo desordenadamente feito trepadeira, os cachos se desfazendo, reagindo às perturbações dos últimos dias.

    Os rostos de Érica, Léo e Aranoa a assombravam como fantasmas, rondando-a e soprando um hálito gelado em sua nuca. Dadaya estava constantemente arrepiada, sentindo aquela pressão já familiar do choro na vista. Levantou-se no meio da noite, o desconforto tomando muito espaço em suas entranhas, e se trancou no banheiro. Ultimamente, vinha se sentindo sem ar, como se a gravidade a esmagasse. Não era mais criatura para ficar de pé, andando com duas pernas. Colocou-se debaixo do chuveiro, deixando a água com cheiro de cacimba aliviar a pressão sufocante.

    Enquanto se banhava, Dadaya chorou por saudade de Léo, ainda preso e sem previsão de soltura. Chorou por

Aranoa, o coração murchando no peito. O único alento era saber que Érica estava bem, que se encontrariam quando a poeira baixasse. Já, já.

Abrigo

Naquele momento, o rosto de Aranoa parecia uma massa coletiva de olhos, narizes e bocas, tão familiar que podia ser qualquer pessoa em uma só. Dadaya abriu a porta de sua quitinete para dar de cara com ela, inchada de tanto chorar, trazendo uma bolsa grande abarrotada com roupas desdobradas, uma rede e um ou outro item precioso para quem não tem muita coisa. Aranoa ostentava as expressões de desamparo que Dadaya já tinha visto em tantas outras mulheres, todas gastas e cinzentas, sofrendo de um tipo muito solitário e específico de aflição. Eu não sei pra onde mais eu podia ir. Entra, Aranoa, não fica parada aí, não! Dadaya tinha a voz trêmula, cheia da agonia de ver alguém amado naquela situação.

Aranoa lhe disse que o ex-namorado continuava por aí, encontrando-a sempre que tinha oportunidade. Pedia dinheiro, às vezes até aparecia em sua porta, no apartamento que dividia com a tia de uma amiga, trazendo umas cervejas e se instalando até cansar e ir embora. Claro que ela não queria nada daquilo, nadinha que viesse daquele homem. Mas como é que a gente luta com alguém assim, Dadaya? Eu mandei ele embora, disse que não tínhamos mais nada, só que ele não escuta! Não quer! Só quer saber de dinheiro, que não arrumou emprego ainda e que tá vivendo na merda e eu já não aguento mais! E quando bebia, Aranoa explicou que ficava à sua mercê, era seu banco, sua empregada e sua foda desengonçada e dolorida. Aqui ele num me acha, Dadaya, me deixa ficar, pelo amor de Deus. Dadaya disse que ela podia ficar.

As duas eram inteiramente choro, banhando-se até a pele pinicar de tão salgada.

Naquele segundo impensado

A casa de tia Socorro nunca pareceu tão bonita aos olhos de Dadaya como no dia em que soube de sua venda.

    A cantoria de Maysa enfeitava a varanda, saindo anasalada pelo rádio antigo de Mãe Lourdes. Dadaya estava sentada ao lado da avó, dividindo o batente que dava para o jardim. As duas tomavam café caladas e desfrutavam do final de tarde com certa contemplação solene, de quem tem medo de abrir uma ferida num momento tão bom falando bobagens e tristezas. O chão de azulejo frio arrefecia a parte nua das pernas suadas pela quentura, e que calor fazia! O vento não passava de um sopro tímido, brincando de puxar os ramos das plantas com seus dedos invisíveis.

    Dadaya passeava a vista pelas papoulas em flor, pelas palmeiras, comigo-ninguém-pode, jasmins perfumados e pelo pé de mamão atrevido que subia mais alto que o telhado vermelho-fervendo. Enxugando a testa brilhante, pensou que tudo ali estava morno com suas lembranças mais felizes, a maioria moldada pelos toques de Léo. Para ela, a mocidade escorria em filetes, arrancada de seu corpo como o suor que descia pelas costas. Não sabia se algum dia sentiria tanta saudade de um lugar como aquele.

    Os móveis também foram vendidos e retirados em parcelas, deixando a casa quase vazia no correr de uma semana. Mãe Lourdes andava pelos cômodos estreitos, se demorando, mística, nas marcas mais claras no piso onde antes se acomodava a vida de titia Socorro. Quando estava em casa, Dadaya pensou que também via uma silhueta mais clara no peito da avó, o lugar vazio deixado por sua irmã falecida. Mas quase nunca estava por lá, porque queria ficar longe do pai, que ainda a olhava com desconfiança e desgosto, esquadrinhando em sua cara fina tudo o que tinha mais medo. Por sorte, ele vinha e ia, resolvendo os últimos detalhes da mudança.

Só assim encontrava as brechas para estar com Léo, seu alento e maldição. Dadaya amava os lugares escondidos onde podia aproveitá-lo furtivamente, sedenta dos beijos roubados no terreno do colégio, das carícias úmidas atrás da quadra da pracinha e do cheiro da madrugada que o quarto dele retinha. Não era raro que varassem a noite inteira com conversas apaixonadas antes que Dadaya tivesse que voltar para sua própria cama, agora raramente usada como ninho de amar por causa da presença de seus pais. O ruim era saber que tudo logo se acabaria, que ela voltaria para sua casa, menos parecida do que nunca com um lar de verdade.

Não quero que você vá. Mas não tem o que eu faça, Léo. E se espremeram um pouco mais num abraço firme, sentindo o perfume indivisível de seus cangotes. Eu tenho que ir, Léo. Amanhã quero te levar num lugar, Dadaya, quero te levar pra tomar banho de rio comigo. Você vai? Ela mordeu o lábio cheio. Meu pai, Léo, ele pode desconfiar... Não, a gente inventa alguma coisa, ele não vai notar. E Dadaya pulou a janela baixa e atravessou a noite que restava com passos ligeiros até estar dentro do próprio quarto. Não conseguia pensar em outra coisa que não fosse o banho de rio com Léo.

A manhã passou rápida com a movimentação da mãe e do pai, indo de canto em canto para abastecer o carro com as últimas quinquilharias de tia Socorro. Depois de ajudar, Dadaya não encontrou dificuldade em fugir do caos e se encontrar com

Léo no canto combinado. Caminharam juntos até a parada de ônibus e embarcaram no primeiro que passou, sentando-se lado a lado nos bancos de borracha quentes e pegajosos. No fim do percurso, Dadaya nem percebeu o caminho ou a lonjura até descerem naquele lugar cheio de dunas e vegetação.

Um carro passou rapidamente pelos dois, que logo se afastaram da pista e se embrenharam por uma trilha que Léo conhecia. Desceram a senda que desembocava num braço de rio costeado por faixas de areia branca e fina, a água cintilante contra o sol forte e o azul do céu. Da mochila que levavam, tiraram uma garrafa de vinho barato e fervido, sorvendo o doce em goles cada vez mais constantes. Estenderam uma toalha na sombra, deitaram-se e beijaram com fervor todos os lugares que a boca alcançava. Num instante estavam nus e sem vergonha, acobertados pelo sigilo do mato. Dadaya apertou onde queria, esbaldando-se no amor e no tesão sem nunca ficar cheia. Virou-se e deixou que Léo a penetrasse com excitação, movendo-se no ritmo dengoso das ondas que acarinhavam a margem do rio até ejacularem quase ao mesmo tempo, exaustos.

Dadaya estava num êxtase que se alastrava pelo corpo inteiro, eriçando os pelos, aguçando os sentidos e as partes marinhas escondidas dentro dela. Léo foi amolecendo até sair de suas entranhas com um som aquoso, caindo num sono sorridente logo depois. Vestida apenas da calmaria, Dadaya se levantou e caminhou até o rio, atendendo ao chamado da água. Como uma deusa adolescente, se banhou nua, mergulhando até submergir na parte mais funda.

Quando veio à tona, foi como se tivesse nascido novamente, saindo da segurança do útero aquático da mãe-rio para o horror do mundo humano.

Léo gritava, se protegendo como podia das pauladas com os braços e pernas estendidos numa confusão de movimento e areia. Acima dele, colérico, estava o pai de Dadaya, esbravejando enquanto descia golpes destrambelhados, mas muito dolorosos. A distância entre ela e a desgraça se estreitou num segundo e quando deu por si, estava agarrada aos braços dele, tentando fazê-lo parar, ensopando-o.

O pai a chamava de viado-viado! Dizia que ia matar os dois na porrada. E Dadaya não ouvia, porque seus ouvidos se ocupavam do rugir da própria corrente sanguínea e dos ganidos desesperados de Léo. Caíram no chão por um descuido, cegos pela areia que ardia nos olhos e emudecia a boca. No meio da pancadaria, Dadaya sentiu um golpe nas costas, rolando rapidamente com os dedos tensos em garras para se livrar do agressor. Arranhou feito gata-do-mato, mas o peso do homem a esmagava, impedindo-a de respirar completamente quando suas mãos se fecharam como um torniquete em sua garganta.

Apesar da vista turva e ardosa, Dadaya mirou o rosto vermelho e imenso de seu pai, seus grandes olhos escuros injetados com veias vermelhas refletiam sua imagem subjugada. Estava ficando roxa, a boca inchada lutando para inalar uma lufada de ar que fosse enquanto as unhas abriam lanhos nos braços dele. Atarantada, fingiu-se de morta sem saber que faria isso muitas vezes dali para frente. Fingir-se de morta para que a deixassem em paz. O esganamento perdurou por mais alguns segundos e afrouxou, abrindo espaço para que Dadaya usasse as últimas forças para alcançar o pedaço de pau que encheu sua mão e riscou um caminho certeiro entrando pela boca do pai.

Ele girou para o lado, golfando, cuspindo dentes e sangue, lutando para respirar. Por mais que suas mãos fossem fortes, puxavam a madeira sem sucesso. Estava empalado pela garganta. Dadaya se arrastou para longe, berrando a ponto de ficar quase sem voz. Aproximou-se de Léo, ainda caído e aturdido, tentando compreender tudo o que acontecia. Me diga que você está bem, por favor, me diga que você está bem! Dadaya repetia com a voz rouca até que ele respondeu um "sim" resfolegado. Juntando toda a coragem que tinha, voltou-se para onde o pai estrebuchava até ficar imóvel.

Tão imóvel...

O céu estava bonito demais.

Ele deu uma escapadinha para...

Apesar de tudo, Dadaya foi ensinada que não era sempre que se devia chorar; tinha horas em que era preciso pegar a última força pelos sovacos, puxá-la e instigá-la com empurrões. Ela se sentia numa esteira, esperando o momento do fim do percurso para dar cabo de seus ardis.

Fria e cega feito pedra, andando pela casa de dona Geísa, Dadaya entrou no escritório do patrão.

Seu Edmilson levantou a cabeça devagar, de cenho franzido e perguntou se ela podia limpar o espaço depois, porque estava ocupado. Dadaya continuou estirada na própria carne, membros pesando nas articulações até engatarem na ação de tirar o celular do bolso e pousá-lo no tampo da mesa. Assombrados pela luz gelada da tela, os dois debateram silenciosamente antes de encarar a realidade do vídeo gravado às escondidas na quitinete de Dadaya.

Há alguns dias, seu Edmilson teve um problema com o carro.

Convenientemente, lembrou que o marido de Dadaya era mecânico e decidiu pedir o número dele.

Resolvido o problema, Edmilson não cansava de mandar mensagens agradecendo pela ajuda.

Depois, passou a perguntar como Léo estava indo, se não queria sair para almoçar qualquer dia desses.

Você quer acabar com a minha vida, foi o que seu Edmilson, agora anêmico e azulado feito um morto, soprou pelos beiços frouxos. Quero acabar com a vida de ninguém não, mas se o senhor me forçar, não penso duas vezes. Dadaya pausou o vídeo. O que eu quero, seu Edmilson, é ajeitar a minha vida. E o senhor vai me ajudar, num vai? Ela não sabia se tinha sido ouvida. O homem parecia enxergar o acontecimento por detrás de uma névoa espessa, pela fresta das pálpebras trêmulas de um sonâmbulo. Mordia a unha do indicador quase devorando o dedo inteiro, indiferente à dor. Só tinha olhos para si mesmo na telinha do celular, de joelhos, tão pequeno e exposto, de boca tão aberta para comportar o pau de Léo dentro de si. Teve fome e se lambuzou, agora estava pagando a conta.

Os soluços e o choro vieram numa chicotada, sacudindo seu Edmilson à beira de um ataque. O que eu te fiz nós sempre te tratamos como alguém da família os meninos amam você e é assim que você me paga que filho da puta o merda do teu marido caralho eu podia te... E Dadaya deu um tapa tão forte na mesa que o barulho perdurou alguns segundos depois do golpe. Seu Edmilson parou de falar tão surpreendido, que mordeu a língua, agora chupando os lábios coloridos de sangue. O senhor não vai fazer é nada contra mim ou contra meu marido, me entendeu? Vai ficar caladinho se não quiser que eu bote esse vídeo na cara da tua mulher e na internet! Seu Edmilson enxugou os olhos e o suor ártico das têmporas. E o que é que tu quer de mim?

Dadaya se permitiu sorrir.

O senhor vai me ajudar a sumir, seu Edmilson. É isso. Cê vai é me fazer sumir de vez.

Pelo buraco na parede

Dadaya apertou o celular contra a orelha vermelha, o corpo todo gelado ao ver o número da advogada que cuidava da situação de Léo.

Alô?! Num tô entendo, doutora... Como assim? Quando? Ontem?!

Sentiu os joelhos bambos, os pés afundando no chão que lhe faltava. Fuga em massa do presídio. Léo estava no meio, agora foragido, perdido dum jeito que Dadaya não podia ir atrás. Parece que teve perseguição, dois presos foram assassinados no caminho. Os outro fugiram para a praia, tinha uma barca esperando. Tudo estava combinado. Sinto muito.

Dadaya sentiu o gosto de água salgada enchendo sua boca.

Eu vou achar ele, doutora.

Ela disse mais para si mesma do que para outra pessoa.

Vou achar ele nem que seja no meio do mar.

Nem um pingo de alegria

Dentro de um táxi com ar-condicionado, ainda no horário do expediente, Dadaya viu pela janela uma papoula colhida descendo a rua num verdadeiro córrego que se formou no meio-fio, fruto de um cano estourado que jorrava água limpa naquelas poucas horas antes do almoço.

Ela acompanhou a florzinha vermelha driblando o trânsito parcialmente engarrafado, deslizando para longe de sua visão e fazendo-a pensar em amores encarnados. Alguém tinha colhido a papoula, talvez a tivesse prendido no próprio cabelo ou guardado para dar a outra pessoa. Um amante? Dadaya sorriu, torcendo que sim. Quase podia enxergar a cena lenta, se desdobrando com calma. Os dedos tocando no momento da troca do gesto singelo, nos sorrisos iluminados refletindo nas vidraças ao redor, no cheiro de hormônios que sussurravam sacanagens mudas em seus ouvidos. Como fantasmas, concluiu.

O semáforo abriu e o taxista engatou a primeira, fazendo Dadaya sacolejar no banco de trás quando um motoqueiro cortou pela esquerda, desviando por um triz do carro branco que reagiu com uma buzinada longa e um punhado de palavrões cuspido como veneno de cobra.

Dadaya respirou com força, nervosa, abraçando com aperto implacável a bolsa grande que trazia no colo, estufada com algumas roupinhas e maços de dinheiro que somavam uma quantia de vinte mil reais. O preço de seu silêncio, o valor de seu caráter chantagista.

Com o azedume tomando corpo em sua boca, a história de amor da papoula perdeu frescor e murchou. Alguém a tinha jogado fora, abandonando-a em meio à água poluída em seu enxague até o bueiro. Sacou o celular. Queria chegar logo em casa, esconder o dinheiro debaixo da cama para tirar das mãos aquele prêmio maldito.

Aranoa? Sou eu. Preciso que você desça pra me ajudar. Sim, deu tudo certo!

Hoje ninguém mais fala

Já era quase noite na beira do rio e nada do pai se mexer.

Dadaya e Léo estavam abraçados como dois passarinhos trêmulos, esperando por uma figura feito mãe que não viria. Eles evitavam olhar para o lugar onde o corpo esfriava e se cobria de areia soprada pelo vento, o toco de pau saindo pela boca escancarada como um marco fincado naquele momento medonho.

Estavam varados de medo, meio que paralisados e esperando acordar daquele sonho.

Não tem quem possa dizer o que Dadaya sentiu quando voltou pra casa, dormente e ultra-sensível ao mesmo tempo, e viu a mãe. Sem saber que era viúva, ela andava de um lado pro outro na casa de tia Socorro, injuriada e falando sozinha. Se perguntava o que tinha feito pra sofrer assim na mão dum marido tão dado ao sumiço, que aquilo não era coisa que se fizesse com uma mulher de respeito. No agoneio, nem percebeu que a filha foi direto para o quarto. Cabelos ainda secando nas costas, o pescoço roxo de hematoma e com o olho esbugalhado, incapaz de se esquecer do que tinham visto.

Dadaya sabia que não ia aguentar falar com sua mãe, sequer mirá-la por muito tempo. Ia sangrar um choro de maré alta como a água do rio que levou o corpo do pai embora, sabe-se lá para onde. Teve pesadelos a noite toda, soluçando baixinho para não atrair a atenção da mulher insone na sala, à espera de alguém que não ia voltar nunca mais.

Passou um dia, dois e três. Nenhuma notícia do pai, nem do carro que Léo fez questão de perder muito bem perdido. Dadaya até se perguntou por que a mãe nunca foi na polícia, sem dar conta de procurar o marido. Como se soubesse, ela chorou por um tempo as lágrimas de quem aceita que foi abandonada. Como se fosse muito óbvio que, daquela vida, ele não queria levar nada, nem ao menos as próprias roupas, que dirá seu amor.

Foi Mãe Lourdes quem alegou que era bem capaz do pai de Dadaya ter outra família, e se tivesse que apostar o lugar, seria em Natal, por conta do tempo que ele passou viajando a trabalho por aquelas bandas. Chorosa e chupada de esperança, a mãe escreveu uma carta para o endereço de uns amigos antigos do marido, enfiando-a dentro de um envelope lacrado com uma lambida saudosa. Deixa isso no correio pra mim. Dadaya tirou a carta dos dedos carinhosos da mãe e saiu pela rua, não para o correio, mas para chorar no colo de Léo, que era o único que a acolhia como precisava. Só ele e mais ninguém.

Sem saber do extravio da carta, e de muitas outras coisas, a mãe de Dadaya foi endurecendo e deixando de falar no assunto. As lembranças do marido começaram a feder, se decompondo nos cantos da casa até virar ossada embranquecida que ela teve que enterrar em baús antigos e caixas de papelão. Não prestou homenagens para as fotos do álbum, não cheirou o perfume masculino que se desgrudava das roupas e se limitou, exclusivamente, a não deixar o cachorro do desaparecido morrer de fome.

Dadaya bisbilhotou o sofrimento discreto da mãe ao longo dos anos sem nunca revelar uma palavra sobre as certezas sombrias que encardiam sua mente. Sem perceber, acabou herdando aquele talento de enterrar a sete palmos o que precisava dentro de si, crescendo os muros de seu cemitério interior para impedir olhares maledicentes. Era uma coveira excepcional.

E por falar em saudade...

...O peito de Dadaya apertou a ponto da respiração subir e descer espinhando, abrindo lanhos pelo caminho.

Numa noite, acordou em desespero, com falta de ar, coçando as pernas com os tocos de unhas, todas roídas no nervoso das horas. A única coisa que lhe dava certo alívio era se aboletar debaixo do chuveiro frio, deixando a água acariciar sua pele cada vez mais lisa. Dadaya perdia pelos aos montes, mas não ligava, porque parecia estar perdendo muito, muito mais.

Estou quase chegando, Juçara. Ela disse baixinho pelo celular, olhando pela janela do ônibus que pegou na rua ao lado da casa de sua mãe, ainda secando o suor da nuca. O sol estava pelando, não eram nem oito horas da manhã. Arruma a Érica direitinho, por favor, não vou demorar. Guardou o celular na bolsa, respirando cansada, o peito pesado, mal subindo direito.

No ponto certo, Dadaya desceu e olhou para os lados, agarrada às saias da recém-adquirida amiga-paranoia. Desconfiava que todos sabiam que estava fazendo algo de errado, que as pessoas que passavam ao seu lado na calçada podiam sentir o hálito amargoso que inflamava sua boca, escapando a contragosto pelas ventas sempre afrontosas. Por isso, foi se afastando com passadas largas e ligeiras, os ombros ossudos quase se tocando de tão curvados.

Ainda lembrava dos endereços do interior onde morou na infância, dobrando e seguindo por longos quarteirões com segurança, sentindo a poeira que o vento abafado fazia grudar em sua roupa. Chegou a uma pousada capenga, pouco convidativa. Para recuperar o fôlego cada vez mais difícil, Dadaya se apoiou na parede toda ladrilhada de azulejos brancos, a palma da mão fervendo no contato rápido.

Juçara e Érica esperavam lado a lado, vigiadas pelo olhar pouco disfarçado do homem atrás do balcão na pequena recepção da pousada. Dadaya abraçou a menina que retribuiu com força, entrelaçando os dedinhos em suas costas. Ela estava crescendo rápido, não dava para negar, e ficando mais silenciosa também. Eu tava pra morrer de saudade, minha filha. Dadaya falava com a cara enterrada no cabelo cacheado da menina com cheiro de Johnson & Johnson. Juçara tentava sustentar um sorriso, mas os lábios vermelhos eram como uma rosa ressecando. Ela sabia tudo o que estava em jogo, e mais, que o momento de deixar sua grande amiga estava batendo à porta.

O que é que tu vai fazer? Conversavam baixinho enquanto saíam pela rua. Eu vou deixar a menina com a minha mãe, por enquanto, Juçara. Desde que o Léo assumiu a culpa pelo sumiço, a polícia não tá mais atrás de mim. Nem a Marlene nem ninguém sabe onde estamos. Quando a poeira baixar, vou procurar meu marido e vamos dar um jeito em tudo isso.

Juçara estava soluçando, uma lágrima suja de rímel despontando por baixo dos grandes óculos de sol. Eu vou pegar um ônibus hoje ainda, de noitinha, devo chegar em casa amanhã na hora do almoço... Mas não queria te deixar, minha amiga. O que eu faço dessa vida sem tu?!

E se abraçaram debaixo do sol quente, temperando-se do salgado suor uma da outra. Eu ainda vou te ver, mulher. Não vai ter força nesse mundo que me impeça, é uma promessa.

Dadaya segurou Érica e tirou da mão da outra a pequena sacola com as roupinhas infantis compradas de improviso nos últimos dias. Juçara beijou a cabeça da menina, esfaqueando Dadaya com um olhar de fera. Escuta, tem promessa que a gente não deve quebrar, viu?

E entrou na pousada.

Êta amor desgraçado

Aranoa abriu a porta do táxi e caminhou com Dadaya até as escadas para a quitinete onde estavam morando. Fizeram o percurso depressa, quase sem se olhar. No rosto de Aranoa, lágrimas novas reluziam em suas bochechas muito vermelhas, sua boca parecendo se mover numa prece silenciosa, impossível de traduzir. Tá tudo bem contigo? Aranoa? Mas ela só balançava a cabeça, ariada.

Quando chegou à quitinete, Dadaya viu que estava aberta, deixando escapar algo como um miasma venenoso que fez seus cabelos ficarem arrepiados. Algo não estava certo. Me-desculpe-ele-me-achou-me-desculpe-me-desculpe, era o que Aranoa repetia enquanto entravam pela sala. A mulher estava quase chacoalhando de tanto tremer, e Dadaya assistia à cena de olhos esbugalhados.

Um homem saiu pelo quarto com uma mochila pendendo de um dos ombros carregada de coisas. Tudo aconteceu tão rápido que o grito de Dadaya ficou preso atrás de seus dentes, impedido de sair quando ela foi arremessada no chão. Viu a parede, o teto e depois luzinhas laranjas que explodiam em seus olhos quando bateu a cabeça. O homem gritava, ora com ela, ora com Aranoa, perguntando onde estava o dinheiro que tinham falado. Ele tomou a bolsa do abraço apertado de Dadaya, que tentou lutar, mas se imobilizou quando um murro no estômago expulsou-lhe todo o ar.

As pisadas, os gritos de Aranoa, o baque de uma mesa virando, tudo desapareceu poucos segundos depois, deixando para trás uma Dadaya paralisada com um choro engasgado na goela. Tudo em seu corpo latejava e foi embalada por essa agonia que ela se forçou a levantar e olhar ao redor, averiguando o estrago de seu apartamento revirado.

As roupas estavam jogadas no chão do quarto, nem sinal das de Aranoa. O dinheiro de sua caixa também havia sumido, levado juntamente com o preço para resgatar sua filha. Dadaya sentou na cama, as mãos pesando como bolas de chumbo por cima dos joelhos. Não sabia se aquilo era castigo divino pelo que tinha feito com seu Edmilson, mas achava que o preço de sua fatura estava caro demais, mesmo engolindo que todo sofrimento para pobre é pouco. Se perguntassem quanto tempo ela passou ali, sentada e olhando para os rastros do assassinato de seus sonhos, Dadaya não saberia responder. Quando Léo chegou em casa, nenhum dos dois soube o que falar para se acalentarem. Talvez, pela primeira vez, o amor tenha balançado diante daquela desgraceira toda.

As coisas pareciam que não iam ter jeito, que o sofrimento era demais para qualquer um aguentar. Agora Dadaya estava sem emprego e sem dinheiro. Também não viu nem sinal de Coração, que provavelmente tinha se perdido para sempre quando tentou escapar do caos que atravessou o seu lar. Eu vou salvar nossa filha, Léo. Amanhã. Vou pegar ela e deixar na Juçara até poder levar a Érica pro interior. Não quero saber de mais nada. Foi o que Dadaya disse quando os olhos secaram de todo o pranto que ela tinha disponível.

Léo apertou a mão da mulher, querendo amá-la sem precisar de palavra alguma. No fundo, queria apenas lê-la com a ponta dos dedos correndo pelas linhas naquelas páginas esgarçadas pela vida. A gente vai pegar nossa menina, minha vida. Nem que me prendam ou que eu morra tentando.

E no fim, o caminho pro mar

Às três horas da tarde, o locutor de rádio falou de paixão com sua voz envolvente, grave para vibrar no peito e pensar em carinhos e querências. Ele disse, depois de uma pausa, que o jeito mais lindo de lembrar de alguém amado era dedicando uma canção como a ouvinte Dadaya tinha feito. Ela diz, continua o locutor, agora mais baixinho, quase ronronando: Léo, onde quer que você esteja, onde quer que você escute essa música, vai ser como se eu mesma estivesse cantando no teu ouvido. Feito sereia, espero que você escute o meu cantar e venha até mim.

De frente para o espelho, Dadaya ouvia o próprio recado narrado na rádio. De batom bem passado, unhas feitas e cabelo escovado, só lhe restou o rímel para alongar os cílios e selar aquele seu olhar-matador. Quando estava pronta, passou no quarto onde a mãe e Érica dormiam lado a lado, desfrutando da soneca da tarde, enrodilhadas pelos lençóis cheirosos de amaciante. A mãe volta logo, minha vida, viu? E foi embora depois de um beijo na testa da menina.

O céu parecia um incêndio engolindo o mundo, pintando de amarelo-queimado a rua que Dadaya descia quando saiu de casa. O vestido colado ia se amarrotando nas coxas, ajustado ocasionalmente por um toque gentil de suas mãos bonitas. Vinha fazendo o percurso até o rio todos os dias desde que soube que Léo tinha se perdido no mar, cantarolando a música que tinha lhe dedicado. E por falar em saudade, onde anda você? Cantou e cantou, subindo e descendo a terra morna pelo sol da tarde. E por falar em paixão, em razão de viver, você bem que podia me aparecer. Pulou uma cerca de arame farpado, se embrenhando no mato sem perder a compostura, mantendo a figura muito bem arrumada.

Quando chegou à beira do rio, Dadaya continuou cantando enquanto se despia, peça após peça, com calma, até estar completamente nua. Arrumou as roupas dobradas num cantinho seco, ao lado das sandálias, e caminhou até o rio de dona Mariinha. Molhou os pés na água ainda fria, deixando que a mágica acontecesse, expondo as maravilhas que vinham lhe transmutando nos últimos dias.

Dadaya sempre soube que não era macho. Descobriu também que não era só mulher, nem só travesti. Depois de tanto amor, podia até ter deixado de ser gente. Era bicho? Talvez. Um bicho encantado, agora se exibindo com os poros das pernas eriçados pelo vento do fim de tarde, tomando a forma de miríade de escamas prateadas que subiam até a cintura. Dentro d'água ela não sentia falta de ar, nem o aperto no peito. Ao contrário, estava mesmo era em casa. As pernas se fundiram num rabo de peixe quando mergulhou na parte mais funda, esticando as nadadeiras furta-cores que já lhe empurravam, ansiosas, em direção ao mar, onde podia ser que se encontrasse com Léo.

Hoje? Amanhã? Um ano depois? Dadaya não sabia.

EDIÇÃO Marcela Roldão
CAPA Luísa Machado
IMAGEM Odilon Redon
REVISÃO Anum Costa
PROJETO GRÁFICO Leopoldo Cavalcante

DIRETOR-EXECUTIVO Leopoldo Cavalcante
DIRETOR EDITORIAL André Balbo
DIRETORA DE ARTE Luísa Machado
DIRETORA DE COMUNICAÇÃO Marcela Monteiro

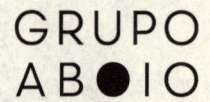

GRUPO
AB●IO

ABOIO EDITORA LTDA.
São Paulo/SP
(11) 91580-3133
www.aboio.com.br

© da edição Cachalote, 2025
© do texto Valdir Marte, 2025

Todos os direitos desta edição reservados ao Grupo Aboio. Nenhuma parte desta obra pode ser reproduzida, arquivada ou transmitida de nenhuma forma ou por nenhum meio sem a premissão expressa e por escrito da Aboio.

Grafia atualizada segundo o Acordo Ortográfico da Língua Portuguesa de 1990, que entrou em vigor no Brasil em 2009.

Dados Internacionais de Catalogação na Publicação (CIP)
Bruna Heller — Bibliotecária — CRB10/2348

M375d

    Marte, Valdir.
        Dadaya / Valdir Marte. – São Paulo, SP: Cachalote, 2025.
        135 p., [5 p.] ; 13,5 × 20,8 cm

    ISBN 978-65-83003-60-7

    1. Literatura brasileira. 2. Romance.
    3. Ficção contemporânea. I. Título.

                                  CDU 869.0(81)-31

Índice para catálogo sistemático:
1. Literatura em português 869.0.
2. Brasil (81).
3. Gênero literário: romance -31

Esta primeira edição foi composta em Martina Plantijn sobre papel Pólen Bold 70 g/m² e impressa em outubro de 2025 pelas Gráficas Loyola (SP).

A marca FSC® é a garantia de que a madeira utilizada na fabricação do papel deste livro provém de florestas que foram gerenciadas de maneira ambientalmente correta, socialmente justa e economicamente viável, além de outras fontes de origem controlada.